ZUI

Zestful Unique Ideal

最世文化

Shanghai ZUI co.,Ltd

THE NEXT·SUD DE FRANCE

郭敬明　　安东尼
落落　笛安　恒殊　著

下一站
法国南部

长江出版传媒
长江文艺出版社

目录
CONTENTS

法国南部时间
Le Midi Sud De France

　　我算是《下一站》系列的"元老级"人物了吧——从第一本的《下一站·伦敦》开始，我风雨无阻地参加了每一次的《下一站》系列。尽管很多时候，是因为邀请方热烈地希望我的参与，出版社也希望能由我带队，销量比较有保障（对，往往就是这样世俗的理由和客观而尴尬的存在）。但实际上，每一次的"下一站"，都会给我带来完全不一样的体验。说到底，其实我是一个顶不爱旅行的人，哦，这么说可能不太客观，我年少的时候，还是很爱旅行的，甚至一个人背起包就跑出去过。但随着工作越来越忙，人的心也越来越被磨砺得太平消

　　停，旅行就很少出现在我的生活里了。所以说，《下一站》系列的出现，使得我必须以工作的名义来面对每一次旅途，有点像是公司强行为我安排的度假。

　　但旅行的意义，在《下一站》系列里被贯穿得非常严实，因为，每一次，我们都是和一群新老朋友一起，这难道不是旅行真正的意义吗？和一群志同道合的朋友，分享异域的风景和心情。沿路的欢笑，都是意义的证明。

　　而这一次的法国南部之旅，将这种意义发挥到了顶级——你看我们同行的五个作家，都是我的老朋友。我开心死了。

落落

　　旅途结束后我晒黑了三个色号不止，一双手快要羞于伸出去和人见面。同时回家吃了不少水煮鱼和麻辣牛蛙来调和被养得过于健康的胃。经过一个月的艰苦奋斗，肤色白了回来，对水煮鱼们的热情也终于跌回了冰点，然后在那个时候就开始了，我原本以为已经过去了一个月的事件，开始在梦里频繁重温——城墙上有来自上世纪的月亮，照耀我们这些迷茫的现代人；被野花宠坏的草坡，到了夜晚熄了所有的虫鸣为了给精灵的脚步让路；有人爱成一段传奇，被画家的笔匆匆记载下，哪怕是错误也不得纠正了，错误让她的爱情更加风靡……我开始隐约觉得，大概有一部分自己是慢了一步，没跟上回程的大部队，以至于得自己风尘仆仆地赶回来。在这段艰辛的途中，离得越远，那座城堡越清晰，清晰得几乎要看见一条送别自己的手绢。

笛安

　　我以为我会非常害怕这次旅行。因为毕竟，是回到一个我曾经那么熟悉的国家。熟悉到——那里已经算得上是我内心"伤口"的一部分。我害怕同行的这些朋友会在旅途中问我各种往日的事情，我也不确定我在这旅途中要不要打电话给我依然生活在这片土地上的老朋友——全是因为恐惧，当我人生的某个过去的部分和"现在"突然紧密交织的时候，那种恐惧感觉总是活生生地压迫我，又让我在飞机马上就要起飞的时候突然要命地开始担心自己出门的时候没关上炉子。但是后来，走出蒙彼利埃机场的时候，我闻到了黄昏的气味。在一片再熟悉也没有的静谧里，深呼吸，就知道，我回来了。

安东尼

　　第一次来欧洲 对法国南部的印象非常地好 只可惜这次旅行还是有点太匆匆
以后有机会还会回来 整天什么都不做就喝酒看书晒太阳 过了一个非常有意义的
生日 和朋友们一起 很开心 希望能参加以后所有的 下一站

恒殊

　　这是我第一次参加"下一站"活动，第一次与大家朝夕相处，一同度过了十天快乐难忘的时光。非常荣幸可以成为这本书的创作者之一，为促进法国南部的旅游发展事业，尽一己之力。我想感谢促成这次旅程的所有工作人员——请恕我无法在这里——列出名字——各个城市的当地导游，旅游局的官员，各位酒庄庄主，酒店老板，大厨和糕点师，为我们这一群来自远方的陌生人敞开家门，打开酒窖，倾尽学识，还赠送了如此多的礼物，你们的热情好客犹如法国南部的阳光，始终照耀在我心中。

Chapter 02

两 极

The Next·Sud De France

文
落落

　　L 还是一如往常，电吹风用完了，不是把开关调拨到"OFF"，而是直接伸手拔插头。

　　D 一边洗手一边看着那个停留在"MAX"档位上的电吹风。连摆放的位置也悬而又悬，下头一堆瓶瓶罐罐累出岌岌可危的停顿。D 觉得果然没错，就是类似这样的事情，特别扎眼，受不住。有人若问起"分开的原因"，他能举出大把例子，好比这个电吹风。就算会被评价为"太鸡毛蒜皮了"，但只要 D 浮上一副满是深意的苦笑——他擅长这类神色，是天生的，一点点着力就举重若轻地暗示了好似有多么严重的隐情，再小的事都在他微颤的睫毛下酿成了哲理，让外人不禁惴惴地道歉，"也是，我们不了解实情嘛"。

　　实情就是电吹风，是今天正面挂明天反面挂的毛巾，是永远不从尾端挤的牙膏，非要留四根清晰的手指握痕在上面，攒得一派血海深仇。继续，哪怕就在这个区区几平方米的小卫生间里，"分手理由"也有丰富来源——D 从隐形眼镜药水上摘下在那里站临时岗的塑料瓶盖，翻过来一看里面果然是奶茶公司的"谢谢惠顾"。而眼镜药水真正的盖子，D 上上下下找了一轮，原来它滚在马桶旁边。

　　D 觉得它在被自己捡起来的过程里绝对有哭喊着"求你救我们出苦海吧！带我走！Help！S.O.S.！"

　　D 在离开 L 房间时，还真的拿上了那瓶隐形眼镜药水。除此以外，有 L 放在床头的一本书，一条挂在玄关的围巾。D 忍不住嘲笑自己的行为像变态跟踪狂。但在出门前，他忍不住重回到乱糟糟的屋子，看了半天，从沙发扶手上捡走一副 L 不知何时扔在那里的潜水眼镜。

　　背包甩到肩后，退到走廊，他关了门。

　　门上贴着数张欠费催缴单。L 在上面是没有名字的，只有住户房号。"1503室"。她叫这个名字。

　　D 也顺手将它们撕了下来，叠成端正的方块放进衬衫的前胸口袋。

　　"1503室"现在就换到贴近他心脏的位置。

"抱歉""那个，抱歉——""啊！等等，请问你住几楼？"

两年前的一天，D加班回到家已近深夜，他被从内到外的困倦裹得密不透风，因而那个声音追着他问了三声他才反应过来是在和自己说话。

他提不起力气回答，用眼神发表了80%的"什么？"打出一个因为懒散而格外冷漠的招呼。

"请问你住几楼？"说话的女生退却了半步，可还是提起了劲道向D完整地发问。两人站在大堂通往电梯间的隔断玻璃门前。

"……有事吗？"累归累，手腕上的指针还是提醒了D在凌晨一点不对陌生人随便透露自家地址是常识。

"啊你别误会，是这样，我忘带门卡了，我住15楼，所以……"

"哦……"小区出于安全考虑，给每个业主配备了专门的门禁卡，没有它的话，不仅没法打开隔断门，之后照样乘坐不了电梯，"但我住20，你还是到不了你那——"

"没关系的！我跟你坐到20，然后走楼梯下去就行了。比我自己爬15楼要好得多呢！"

"……好吧。"D想，也就是女生，若是换了男的，这番说辞还是很难博得自己信赖的吧。他又多虑地把对方圈囵扫了一圈，穿着蓝色拖鞋，一条极短的白色牛仔裤，灰T恤看来更是居家，配合女生手上印着便利店LOGO的塑料袋，沉甸甸地拖累出她的站姿向一边倾斜。为什么会被关在门外的前因后果多少能被推理完整了。

D刷开了玻璃门，女生跟随自己一起进了电梯。

电梯四面都嵌了镜子，一个D吁口气，就是无穷个D在此刻松懈地卸甲。他不耐地准备解开衬衫领子，镜子里的动作被逐一串联起来后，等手刚举到颌下，D突然反应过来这密闭空间里还有另一个人。

同样在四面镜子下无穷无尽的另一个人。

D忍不住从倒映的画面里去打量，女生迎着他的视线，让电梯里前后左右都是她的笑了，D不知怎么一瞬觉得自己又被束缚了起来。他转移注意，去看楼层指示灯，从"13""14"到"18""19"，等抵达"20"后，D才察觉自己居然一直憋住了呼吸。

到底是哪来的小心翼翼？

出了电梯，女生朝他又一次道谢，转身推开了安全通道的大门。D 听见她的脚步合着塑料袋，三步并两步，奏的全是结局圆满的欢快，渐渐它们在迂回的楼梯上远去了，周围又恢复成平静，女生是块眼见要沉到底的石头，她掀起的微澜已经愈合，整个夜晚还是完好无损的。但就在 D 停在自家门前掏钥匙时，脚步声又匆匆倒了回来，直到气喘吁吁地定在他背后。

"……" D 徒然觉得危险——他说不好是出于什么担心，可他还是担心了什么，心擂得有点快，不知该看女生的哪里，但声音还比眼神更飘忽，"怎么了吗？"他实在吃不准对方会给出什么答案，这份莫测在此刻几乎是危险至极的。

"我，那个——"她皱着一张脸来，楚楚的特别乖顺。原来是先前在大堂等救兵出现等得无聊了，拿了房门钥匙在茶几上给自己算命，D 是在那个当口登场的，四十五分钟后总算终于迎来的恩人，让她喜出望外，钥匙直接忘在了茶几上。

D 听明白了："你是想我再陪你坐一次电梯？"心里万般无奈地甩几个字"这人是个笨蛋啊！"

所以说，早在两年前的首次碰面开始，D 就应该知道，自己面对的是个什么家伙——"笨蛋！"他的定义很准确，前缀各种形容都顺眼，毛毛躁躁的笨蛋，不知悔改的笨蛋，无可救药的可爱的笨蛋。

成为恋人后，L 一样会忘带门禁卡，电话那边的 D 知道了，脚下的油门不自觉要加快，L 急了，"你慢慢开我打会手机游戏就好。" D 的车在路上一塞就是四十五分钟，抵达时 L 从泳池里捞起来的头发已经被烘成了自然干，蓬得几倍大。D 上去敲她脸，L 睁开眼后勾住 D 的胳膊跳起来："其实在你之前已经有三四个人拿着卡进出了。"

"欸？那他们没准你跟着一起进去么？"

"没啊。我都没对他们开口说话。"

"为什么？"

L 将头往 D 的肩膀上一搁，电梯的镜子里就是无数个前前后后上上下下的"不言而喻"。

"……笨蛋啊。"

"不应该是可爱吗？"L甜甜蜜蜜地蹭着D。

"狮子。"D看着镜子戏弄她，"今天草原上的天气看来很干燥啊。"

L鼻子里"吼吼"地答应他。

也算是天衣无缝的默契。

D在凌晨抵达机场，他的下巴上冒出了一层淡淡的胡楂，成了阴影，削得他神色更寡淡。虽然精简过两次行李，最后还是有一个箱子和一个背包。航空公司的值机柜台后面，小姐问他："先生是去法国？"

L在卫生间里拿吹风机吹头的时候，D在外头像老妈子似的替她收拾这个和那个。认识后他才了解所谓的"大忙人"不见得非要像电视里的呆板形容那样，穿得笔挺成天提着公文包东奔西跑。L做的是国际环境组织的工作，半人高的旅行袋往肩上一扔，有发令枪一响的足够气势，配得上她之后满世界跑的行程。相形之下，L的房间看来普通和杂乱得心虚，但显然L是不相信"大丈夫一屋不扫何以扫天下"的，这种时候她就行使起性别特权，坚称自己明明是软妹子。

L的房间里是连合格的红酒杯都没有的。一瓶从法国酒庄迢迢而来，价格不菲的名角儿，到这里也得落魄地放低姿态，被倒进两只一次性纸杯里。D实在懊悔自己从老板那里接受了它，害它好好的酒生在阴沟里，哦不，纸杯里翻船。偏偏L还不肯放过已经羞愧至极的名角儿，硬说从这纸杯里闻到了木桶香，榛果香，D凑近去——明明是纸浆味儿！还有刚刚拆下的塑料外包装味儿！

"好喝！"L刚吹好的头发扎成一顶，"到底是法国的。"

"……"D瞧她一脸真心，知道其中没有什么刻意讨好的成分，笨蛋就是这样，一门心思地发傻。L小半杯红酒下去，嘴唇艳了些，唇线被红酒勾出了别的形状，让D盯着看了几秒，就凑去吻她。

后来想想，大概是被洗了脑，好像真能觉出一点什么榛果的味道。

然后在第二天早上，D站在L的卫生间里修她的毛巾架时，又迟迟地起了一点恨意。

　　根本就是两极似的他俩。南极和北极——不对，南极和北极至少还是一样的冰，他和 L 得再换个地方。

　　要不是 L，D 之前非常坚信自己是有那么一点轻微洁癖的。就算没到洁癖的程度，但他习惯规则和条理。衣橱里的衬衫按照颜色从浅到深排，赴约一定提前五分钟抵达，手机上有电话总是在第三声后接听，上出租车也惯性地系安全带，虽然容易惹得司机师傅很是不开心，按捺不住问他："先生你很怕死哦？"D 顺了顺安全带下的西装，很平淡地撒谎"我是肝癌晚期"。这事让 L 知道了，L 就笑他又怕死又多虑又狠毒。L 和司机师傅在某些程度上类似的，对 D 的一板一眼嗤之以鼻，喝了一个礼拜的茶杯全部堆在厨房里，D 脱了西装后衬衫挽上去，为她逐个地洗。虽然 L 在身后接连地出声阻拦"不用不用我自己到时候来"，但 D 太知道了这个时候永远不会来。她就是用这样狡诈的方式逼迫着 D 的承受极限，使 D 甘当佣仆。

　　"那你们还能成一对儿哦？"有朋友在听完 D 的不满后发问，这个时候 L 就喜洋洋地打断进来"N 极和 S 级之间，磁性最强呗"。轻飘飘地让 D 想要用力揪她的脸，但手伸出去，L 就自如地靠了过来，在 D 怀里缩成让朋友干呕连连的一团，D 的手也松了下来，揪的动作换成了摩挲。L 刚刚游完泳，D 下意识地鼻子靠过去，闻到已经不陌生的游泳池味儿，手从她的脑袋向下一些，沙沙的声音，一时掌心里分辨不出到底是滑还是涩，却觉得有东西。D 翻过手掌，想看看那些肉眼看不见的，名叫磁性的东西。

　　D 在飞机上被一个中年人居多的旅行团包围了。丝毫没有因为目标是时尚之都巴黎而受到任何影响，男人们穿黑色皮夹克，腹部鼓鼓的，还舍不得把腰包拆下来，脚边都是各种纸袋，女人的毛衣有点紧身，领子因为嫌热被用力扯下了一点，里面的衬衫领子大喇喇地摊开着，起飞后两小时，就有人捧着拆开的饼干，也递过来，在 D 的眼睛下晃了晃，问他："小阿弟，你要吗？"

　　D 客套地摇摇头。但话头还是一不小心被开了。大妈一边吃着饼干一边试图和他对话："你一个人哦？是旅行？还是去出差啊？"

　　"……出差。"

　　"哦，去法国出差？这么说小阿弟你的工作不错啊。你在哪里上班的？"

  D 潦草地扯嘴角算是笑笑，以为自己把拒绝写得够强硬了，但他还是强硬不过大妈。

  "还不肯说哦呵呵，怕阿姨打歪脑筋啊。怎么会呢。那你对巴黎熟吗？阿姨想问问你，他们说要买 LV 的话，不要去老佛爷和春天百货，说那里都是人，是这样吗？"

  "……我对巴黎也不怎么熟的。"

  "是哦？对巴黎不熟？那法国除了巴黎还有什么地方好玩？尼斯啊？还是普罗旺斯？"

  "这些地方的游客都太多了。"

  "游客多么，说明开发得好啊。"

  "也未必，游客少的地方，也有很漂亮的景色。蒙彼利埃这种。"

  "啊？什么埃？"

  D 这次是坚定地笑了一个完结式的傲慢出来，好在大妈也被同行的朋友招呼了过去。D 终于腾出了自己，他脸侧向旁边的舷窗，举起遮光板便能看清外面已是茫茫的黑夜，除了机翼末缀着灯，挣扎似的一闪一闪。

  "你这次几号回来？"

  "唔，我看看——"L 掀开墙上的挂历，一二三四五六七八，前面八张月份她都不让 D 撕走，说是上面的景色与自己的工作有关，纪念意义丰厚，因此八大张厚厚的卡纸现在打着一个浪似的盖在她的脑袋上，L 从下面钻出半张脸看着D，"得去两个月哦。11 月 14 号回来。"

  "时间真长。"

  "是呀，新西兰那边的项目光协商就协商了两年，所以这次肯定要留得久一点，才能值回票价吧。"

  "别每天都去沙滩上泡男人。"

  "怎么泡？这样？"L 迎着 D 勾住他的脖子，"帅哥，你有女朋友吗？"

  "没有，我女朋友又粗心又笨又不靠谱我早就把她甩了。"

  "……"L 一瞪眼就往 D 的肩膀咬下去，两人重心乱作一团，四仰八叉地齐齐倒在地上。总算动作获得了稳定——L 把脑袋一直塞在 D 的颈窝，缓慢而

用力，节奏是缠绵的，力气是赌气的，没一会 D 的肩膀被她的眼泪艰难地打湿了，
"……我开玩笑的。你别当真啊。"

"不是这个啦……" L 一抽气，收回脸，头发糊了乱七八糟，分割线似的区
分了一块红一块白，"这两个月，你在楼下碰到任何要你帮忙刷门卡的人，你
都不可以理他们啊。"

"……嗯……"

"我去托人找了阿姨，她会每天过来给你烧菜的。你喜欢的菜单我已经列
给她了。"

"啊？不用——"

"用的！我关心你啊。"

"你自己平日里吃得比我还随便。"

"那不一样，我不关心自己，我只关心你。"

"……" D 温柔地叹一口气，"好吧。"他用手指揉去 L 脸上的半湿，"笨
蛋啊。"

到巴黎是上午，D 先去宾馆办了入住，又和公司驻法国办事处的同事照了
个面。在街头走两步还是觉得时差没倒清楚，买了个三明治，吃完就回去睡了。
第二天却接到同事的电话，说他们要会面的合作方被耽搁了，原定在周一的会
议得改成周五，生生就空出了四天。

"高兴吧？"同事问。

"啊？为什么？"

"可以在巴黎先舒舒服服玩上四天啊。"

"……我还好。"

"那你有别的计划吗？对了，正好我和我老婆决定明天去戛纳，你要一起
来吗？"

"啊？不了，谢谢。"

"也行。"同事不勉强他，"手机保持畅通，要是有什么事，随时联系。"

"嗯。"

D 挂了电话，走到窗前，拉开窗帘，巴黎今天还是下雨，天掺着灰与白，

灰的比例还是大一点。

"四天，去哪里好呢——"他手指捏着鼻梁两侧。

　　L把小山似的背包往身后一甩，走两步又从排队的安检队伍里退出来。D对此毫不意外，手张开后，像是出了一张布，把跑来的L石头似的迎在怀里。D知道她脸又潮了起来，朝她额头吻了个印记："等你。"

　　"嗯——我每天都给你打电话，一定要接。"L不喜欢网络聊天这样平面的沟通。

　　"好。"

　　"好好吃，好好睡。偶尔也可以吃不下睡不着，如果是因为想到我的话。"

　　"嗯。"D知道自己的身体里同样使着不小的力气，因为这样才能让他克制住来源不明的颤抖。它们大概很早以前就开始筹谋，像眼下的离别场面简直犹如药引，化成一句要不得的话，打的全是势在必得的念头。

　　"要不等你回来，我们就结婚。"

　　好在D到最后还是没有说。

　　不过目送 L 从大到小一点点不见时，却是从她的无名指为焦点，从那里为焦点，镜头慢慢扩大，成为 D 的视野，他在这片视野里看着 L 离开。

　　D 在巴黎戴高乐机场里，这次只带了一个随身的背包，里面差不多是四天里需要的生活用品，够了。D 是买了从巴黎飞往南部蒙彼利埃的机票。他在飞机上对陌生人曾经推荐过的蒙彼利埃。但当时话说得很满，可 D 自己也从来没有去过，无非是曾有耳闻。

　　但这一次，站在宾馆里，这个念头几乎没什么困难就从他的大脑发送指令给了肢体，转化成实际的行动力。

　　D 在办票柜台接过小姐递来的登机牌，蒙彼利埃机场的代码是 D 第一次见，充满了未知。D 到此刻才显著地醒了一些，陌生字符像一碗冰凉的水，驱散了胸腔里总是试图自我麻痹的温热。他的眼神因此虚弱了一点，像病人看一盒新替代的药。比起疗效，更擅长的是副作用。好比治得了心脏，却会坏了神经。或者能让神经痊愈，但会有损血液。

　　从巴黎飞往蒙彼利埃的时间挺短，不到一个半小时。飞机开始盘旋降落的时候，从舷窗射入的一大片阳光让原本瞌睡中的 D 一下就醒了。他右手指揉了揉眼眶，却揉出一脸不可思议。

　　D 对法国的概念以往一直等同于巴黎。而巴黎天气阴晴不定，眼看一朵云飘到头上，就是突然阴森的大雨，完全不像这里。好像被巴黎排挤的阳光全部在南部快快乐乐地聚集了起来。地面的城市被照得犹如躺在沙滩上的美女，不失诱惑和挑逗，但又同样惬意和自如，气氛中形成一个巨大而不掺杂质的游乐园。

　　出了机场，D 走向停在门口的出租车，他和英语不算太灵光的司机比画了一阵，司机又是 OK，又是 oui 地对他点头。等 D 坐上后排，车一路向蒙彼利埃市中心出发。

　　两边的景色异常统一，绵延的都是被修剪得整整齐齐的葡萄树庄园，稍远一些出现了起伏的山，一小片云在上面落落脚，就把山头坐得湿润了些，绿色的颜色发生了改变。D 一直托着下巴，夕阳在地平线上挣扎着落下去的最后一颗，烧得格外鲜红，D 的瞳孔由此亮了一瞬。

　　他的计划是在蒙彼利埃停留一个晚上，然后坐火车到旁边的卡尔卡松去。那边有非常著名的古城堡。

　　宣传册都是在酒店前台取的，整个突如其来的旅行到底没有留给 D 太多时间准备。从酒店出来后，D 沿着马路一点点逛到蒙彼利埃老城中心。这个地方集中了几所大学，因而老城区看起来倒更像是大学城，满街都是二十岁上下的年轻人。罕见游客。像他这样黑头发的东方人更是难得。年轻的女大学生们毫不避讳地盯着他从左到右，她们转着脖子，以这样明显的幅度表达 D 的"醒目"。很快有年轻的女大学生，穿着饱满的吊带衫上来和他打招呼，D 摆摆手，很客气地指指前方，意思是他在赶路。女大学生也不气馁，朝他很灿烂一笑，回报以同样随性的"再见"。

　　D 当然没什么路要赶，不过是打发时间的闲逛。

　　可惜逃过第一关，第二关以万夫莫开之势，凭一个大嗓门，把 D 拦在了路上："啊呀怎么这么巧！"

　　D 在回头前心里已经有了答案，因此他脸上的微笑几乎能和之前在飞机上给大妈的无缝衔接起来："……欸？"

　　"这么巧哦！"大妈一行有总共四个人，大概是两对夫妻结伴出来旅行的。

　　"是啊……你们怎么？不是在巴黎吗？欸？"

　　"欸，我们的女儿最近都在考试，说没办法带我们逛巴黎，留到周末再说，那么，我们就自己先随便走起来了呀。巴黎留到周末再说。"

　　"哦……你们会法语？"

　　"喏，她呀——"大妈指指和自己年龄相当的一位姐妹，"她过去在法国待过的！陪读，虽然待得不久，但基本对话没问题，哦？"

　　话题递过去，便是第二位阿姨接了上来："还行啦还行，带着四个人还能跑得动。"等到注意力重新回到 D 的身上，他们一起问："你在这里也是出差？"

　　"不是……"D 不知道为什么，觉得没法撒谎。

　　"哦，那你就逛这个什么埃（大妈的朋友插嘴进来"蒙彼利埃"），对对，蒙彼利埃吗？隔壁的那个你去么？"

　　"你说卡尔卡松？"

　　"对！"

　　"打算明天去。"

　　"哦，你要不要跟我们一起呀？我们租了辆车子，还雇了司机的！"

　　"啊，不用了。"

"唉，你也是——"一位大叔看不下去了，打断进来，"人家年轻人，怎么可能跟我们这种老东西一起走啊。"

"也不是……只是，没关系的，我可以。"D挺尴尬。

"你就一个人跑啊？"大妈们突然发现了什么关键词似的，"没和女朋友什么的一起？"

"嗯……对……她来不了。"

"哦这样啊。一个人玩，很没意思的。"

"但也是没办法的事情。"D的声音暗得只剩最后一丁点的电池。

"唉，你们还拎不清？"大叔出来想解D的围，"小伙子肯定是跟女朋友分开了咯？是吧？"

L从新西兰打来的第一个电话，等D接完，挂断后很久一会，才隐约想起来自己甚至没有如同往常一样等它响三声后才接。他当时的动作几乎有些慌乱，手肘带到右侧的鼠标，肩膀又撞到屏幕，一个文件夹眼见要倒伏。

乱了起来。像时间紧迫时闯最后的关卡，牺牲一点HP不算什么。

好在两人电话里的对话还是明快的，没有告别时的郁郁寡欢。L说新西兰多么多么美，下次D应该请假和她一起去私人旅游。

"明天会出海去查塔姆群岛附近考察。"L在电话里汇报。

"还得去查塔姆？为什么？差他们？"D还有开冷笑话的心情。他一边整理先前被打乱的桌面。电脑屏幕里大致地倒影出自己的影子，还好，没有受太多影响，领子，领结和袖口仍旧是一丝不苟的，"欸，我说——"

"什么？"

"……"D想了想，改了口，"别去沙滩上勾引人。"

"遵命！你才是，不要去勾引别人哦！你很帅，太容易勾引到人。"

所以在这个时候，L没准会说"你看吧你看吧让你别出去招蜂引蝶"，把他形容成性别模糊的大浪子。她会先为自己的预见性而骄傲，手一叉腰，然后上来抱住D的胳膊，用英文一路说着"抱歉他有主了"。

　　D 想着就觉得自己也病得不轻。走到了蒙彼利埃的凯旋门下，比巴黎那座肯定小，夜色里看起来倒分外柔和，与巴黎那座更侧重"凯旋"意义的门不同，好像这里的更倾向寻常的"回家"。蒙彼利埃还是不失繁华的，嘟嘟嘟一直有大车小车从门洞下驶过。

　　很多人都急着回家吧。

　　"嗯，分开的原因是她出了场意外去世了，所以就我一个人来。"D 在蒙彼利埃的广场上一点点站直后，对偶遇的大叔大妈们简单解释。

　　还真是，特别美，特别美的广场。墙的颜色，树的颜色，哪怕是懒洋洋的沿街咖啡厅里坐的人，都特别美。不同于任何地方。自由地，不受拘束还不够，是更加自由，不受任何拘束。时不时有人牵来奇怪的，没怎么见过的大狗。他们另一手拿着冰淇淋，或是一大杯可乐。若是恋人们，说两句话就要亲吻。

　　D 知道自己挺不厚道，非要扔一个炸弹出来在不相干的陌生人面前，引得他们舌头打不直，红一阵白一阵地窘迫。但这不是 D 故意的，他只是知道自己迟早要说，给别人，给自己。

迟早要面对。

说出来，也就是这样，不算离奇的事实。

用光的那点电池而已。

从蒙彼利埃出发往卡尔卡松的火车坐大约一个半小时，一天里的班次还挺多，D就算换到法国，还是早上七点准时起床，洗漱完毕去用了早餐，就带着行李退房出发了。

到底是法国南部——或者"这才是法国南部"？——早上八点便是艳阳天，D的眼睛睁不开，虽然是冬天，还是路过附近的跳蚤市场时，买了副墨镜戴上。这么看下去，阳光是弱了，景物的颜色也深了一层。

火车把他从蒙彼利埃送到卡尔卡松时，D起初对于能不能在卡尔卡松古城堡里面找到住宿没什么信心，但又懒得去外头打听，抱着碰运气的心情赶到古城里，只剩最豪华的五星酒店还有住宿。D犹豫了下但终究掏出信用卡来。被安排到的房间倒是很好，可以看见城堡标志性的大片尖顶。

等到收拾完，外面已是星光满天。景观灯把城堡的每一寸都打亮了，但D还是被这个时节的夜风狠狠地冷到了。他裹紧自己的外套，脖子也压了下去，沿着城堡里的游览路线一个人寂寂地走。

比起白天，夜晚的游客毕竟少了许多。走到餐馆附近才会热闹一些。

偌大的城堡，如果女孩子来的话，一定会觉得有点吓人。

风很清楚地走过每一片草地，包括它在那里踌躇着，然后辗转了的动静也格外清晰。好像自己的神经是化在了草野上。它们是自己的一部分。

D抬头看月亮，没准在其他地方还真难得一见，那么清晰的月亮。错觉还以为是从中世纪一直照过来的。

转念一想，本来月亮也是从中世纪一直照过来的嘛。刚刚那叫什么话啊。

这个念头一往返，D就在竖起的风衣领子下自嘲地动着下巴笑了笑。他走到一处护墙的平台，探出身体去看。外面有教堂，有普通的人家，有更远处的葡萄园、山。反观城堡本身，把自己站得威风八面似的，在灯光的衬托下尤其有——D想到一个词，"穿越感"。它像是完全不知道外面的时间已经过了几百上千年，还在一心一意为了抵御下一次的战争工事而耐心准备着。

绝对不是一座死去，休息的，安静下来的城堡。依然恪守着所有的规矩和制度，唯有严格遵守，才能表达它对于自己所守护的事物的意义。

D觉得吹在额头的风实在太冷了。

越是冰越是对比出他心跳离奇的热。

晚饭他在城堡里的一间餐厅里吃了当地的特产——端上来那会D的评价是"土豆炖排骨？"一边撕了面包在肉汤里缓慢地擦，然后他叫来服务生要了一杯红酒。

到底是最原产的法国南部红酒，香味就是不同。D对红酒没那么了解的人，也能发现"木桶香"。

酒在专门的红酒杯里，被转过两圈后，流下名叫"泪痕"的挂壁图案。听说越是糖分越多，泪痕流下的速度越是慢。提到这个"知识点"的老总那会还打起了比方"就像越是甜蜜的恋爱，带来的眼泪也肯定是越多嘛哈哈哈哈"。D当时不以为意，纯粹出于为老板捧场地笑了两声。

一杯很快就被他饮尽了。

D的酒量平平，没一会感觉到脸开始微烧。他用手去按，没错，上头了。

L在去查塔姆群岛附近，坐的船出了事，让浪掀翻了。起初她还没什么问题，L会游泳，算是自救成功。但同船的同事眼见不行了，L是因为救了她才体力不支，就在那么远的地方沉了下去，沉得没了影。

消息通知到D的时候隔了几天。之后就是源源不绝的事情一大堆。那几天里D也忙坏了，频频丢三落四。包括自家的门禁卡，有一次他跟之前L一样，得等同楼的住户露面了，指望对方能带他上去。只不过跟着邻居走进电梯间的时候D突然回想起L之前"骄横"的要求，便又从电梯间里退了出来。在邻居满脸的困惑下，一路小跑改走安全楼梯。

20楼，爬得他中间不得不停下来歇口气。汗也从额头上冒了出来。整张脸开始发潮。

"对了，我说——"

"啊？什么？"

"我说……等你回来后……"

"回来后？"

从餐厅出来，月亮的位置又变了一点。现在有一整片的城墙在月光下发出不真实的银光。

D掏出手机看了看时间后，顺便打开地图。

这是L之前推荐给他的一个软件，里面有个小机关。

"比如说，你现在在这里，对吧——你点这个，'DIG HERE'，它就可以帮你算出，如果从你脚下挖一个洞，笔直的，笔直笔直的，另一头会是地球的哪里。

"你试下试下，看，我们现在的位置，要是挖个洞，'嗖'我们会掉到地球的另一边，唔……是智利欸！原来是智利哦！我们去吧！"

D一边滑动着手机屏幕一边说："把你扔下去就行了，我不去，我吃不惯智利的食物。"

"没关系的，我去也行啊。你忘记啦，我们是两极的，磁性超级强，所以，你把我扔下去，我还是会穿过整个地球，'啪'一下，又回来的。你转身一看，啊？怎么又回来了？比坐飞机还快！你是不是人啊？"

"你前面说的那些没有一句话是科学的。"D用下巴在L的额头上用力一敲，"不愧是笨蛋"。

打开软件，地图从大方位开始搜索他的位置，坐标变得精确了，屏幕上的蓝色纸飞机图案朝D一路飞来。

他在这里。法国南部，卡尔卡松古城。

"DIG HERE"。

从这里挖下去。

挖一个，贯穿整个地球的，笔直的洞的话。

一条直线，从这里开始，找到另一头，犹如地球的两极。

L 的船失事的地方在新西兰以东，查塔姆群岛旁的太平洋。

"DIG HERE"。

从这里挖下去。

穿过地球最坚硬的部分。

最灼烫的部分。

法国南部。卡尔卡松古城。

D 在没有前往法国出差前，某天念头一起，已经打开过这个软件了，所以当四天的假期突然到来时，他没多想就有了决定：或许可以去看看。

假设，以 L 所在的地方为一极点的，地球的另一个极点。

D 一点点挪动脚步，看在地球另一边的箭头也微小地移动着。

这个时候，他想，要是回头一看，"啊，这么快？你说回来就回来了？你是不是人啊"。

忍不住起了笑意"肯定是鬼嘛"。

又想"我快他妈的冻死了好吗"。

只不过他久久地压抑住自己，在这个极点一动不动地站着。

在地球的另一边是——

【完】

Chapter 03

特别导游贴身记录

The Next·Sud De France

郭敬明、落落
笛安、安东尼、恒殊

4月10号

塞特
Sète

特别导游　安东尼

　　塞特算是我们这次旅行里我最喜欢的城市 它给我的感觉很像印象里的威尼斯 城市的主干道沿河而建 城市的住宅和小商店似乎被性格憨厚老实的人一个个地安排在山上

　　早上十点半 塞特市旅游局的 Parra 女士准时出现在酒店 因为早上出去跑步的关系 所以已经知道市场在哪里是什么样子了 这次特意带了零钱 想买一些西红柿

　　菜市场里的水果蔬菜被码放整齐 看起来格外新鲜 草莓被整齐地排放在小木头盒子里 卖糖果的摊子有将近 20 个红色铁皮桶子放在一起 里面分类放着各种颜色 口味的糖 这些糖看起来不像澳洲市内那些糖果店那么可爱甜美的样子 反而有一种小时候在姥爷家过年去集市上 约一斤糖的样子

　　因为市场这天我是导游 李安 小西说要多拍点照片给我 留着书上用 可是市场里那么多人 被他们端着大相机照觉得很别扭 一边摆手对他们说够了够了 一边尴尬地不知怎么好 拿出个西红柿啃缓解气氛

　　这个市场和我们家对面的 Prahran Market 很像 卖海鲜的 卖花的 蔬菜水果的 起司的 鸡蛋蜂蜜的 香皂蜡烛的……非常齐全

　　可能这个小镇很少有亚洲人出现吧 我们逛的时候 看当地人的生活状态的时候 也被他们认真地观望着 他们很热情 微笑着用法语说着 你好 你好啊

　　我应该一直没说 之前去纽约玩的时候 有天去韩国饭店喝酒吃饭 结果来了兴致 和做服装设计还有模特的朋友去美国老太太那里算命 当时老太太给我两个忠

告 她说我的命非常好 身边一直有贵人相助 而且一直也不愁钱花 但是要注意两点 一个是一定要坚持写作 每一周都得写 写作是你一辈子的事儿（她一看我的手第一句话就是 you are a writer） 一个是不要再吃生海鲜了 你会中毒的

我回来墨尔本以后 也没把她的话往心里去 和小托去吃了生鱼片 结果晚上的时候就开始过敏 再之后也吃过几次 每次皮肤都会变红 起小疙瘩很痒 明明之前生海鲜都是随便吃的 这个很奇怪

不过即使这样 听说这次旅行安排了 参观生蚝的养殖中心 还是很兴奋 一直喜欢吃生蚝 但是完全不知道他们是怎么养殖的 这次养殖中心一行 真是开了眼界
尽管看不懂一个个巨大的机器 不同区域的水槽 各种器械是做什么的 但是看下来觉得生蚝的养殖 真的是一件非常辛苦的事情

参观好以后我们就去小食堂 品尝生蚝 英俊迷人的牡蛎厂主 端上来一盘子摆放在海草上的新鲜牡蛎 给我们都倒上了白葡萄酒 随后娴熟地开了牡蛎一个个递给我们尝 边开牡蛎他边说 这个牡蛎每天他都吃六个 说只吃六个 吃多了也不好 都说吃牡蛎养颜 看着他 我觉得这说法靠谱 非常健康有活力的样子 想到这里也顾不上 看手相的说法 接过牡蛎一下子倒到嘴里 澳洲的牡蛎也很有名 但是这个法国的牡蛎 完全是我之前没有吃过的味道 它的口感很扎实 它的鲜也很纯粹 澳洲的牡蛎会有利索的奶油味道 或者甜甜的金属味 而这个牡蛎 就是单纯的海产的鲜味 各个层次的鲜 又有点甜 带一点黄瓜的清新 又有榛子的果香 牡蛎壳滑润 在阳光下看 有淡淡的粉色

一行去的几个同事不是很能吃生的海鲜 而帅老板又很热情 一个接一个地开着 大家后来吃不下去了 就都递给我吃 我是个贪吃鬼 加上看到帅老板的美颜想到这纯天然牡蛎的功效 就一个接一个 贪得无厌地吃下去
晚上回去酒店 肚子特别难受就吐了 后来晚上我们一起出去吃饭 庆祝我生日我都没怎么吃 只要了盘沙拉

不过现在想想 那天吃得真爽啊 哈哈 值了

4月11号

死水之城
Aigues Mortes

特别导游 恒殊

    艾格莫特，在当地古语中的意思是死水之地。它的历史可以追溯到公元前102年，但在文献中被提到还是要等到公元10世纪的时候。

    随着穆斯林和基督教东西信仰的冲突愈演愈烈，13世纪，当法王路易九世（圣路易）成为了十字军的总指挥，他下令在艾格莫特建造了地中海上的第一个军事堡垒。他领导下的第七和第八次十字军东征都在这里启航。

    尽管两次东征都以失败告终，当年路易九世曾经住过的城堡也已经不复存在，但这座堡垒的绝大部分在动荡的历史和恶劣的天气中被保留了下来。1.6公里的城墙完整如初，上面有十二座城门，还有一座三层高的康士坦丁塔楼，内部构造严谨坚固，再现中世纪的军事风采。

    艾格莫特很小，至今也只有九千人居住。除了旅游业之外，这里的经济支柱产业就是制盐。卡马尔格（Camargue）地区是地中海沿岸最古老的盐田，历史可以回溯到古罗马时代。这里出产的盐花（Fleur de sel）是最高等级的海盐，它不是机械工业化的产物，而是由采盐人纯手工捕捞的海面上一层薄薄的半透明结晶。这种珍贵至极的盐花在法国只有三个产地，除了这里之外，只有布列塔尼的盖朗德（Guérande）和黑岛（Noirmoutier）。这种盐由于产量稀少而弥足珍贵，它比一般的盐轻，雪花一样精致绝伦，决不应用于烹饪，而是作为最后的附加调味品摆放在餐桌上。所以如果你有幸来到这座城市，临走时不要忘记买上一罐盐。

4月12号
佩泽纳斯丰福瓦修道院
Abbaye de Fontfroide

特别导游 落落

　　抵达丰福瓦修道院已近黄昏，整个区域内罕有人迹，静得大概也还原出了它过去的样子。毕竟我很难想象，在过去它也会出现复刻出人间的热闹。因为这里的一切，似乎就该是静谧，严肃，虔诚和忍耐的。这里的砖墙修成誓言的形状，花园里的玫瑰还守护着伊甸园的秘密，昏暗下去的天色简直再配合没有，要用缄默继续自己漫漫的殉道。走到室内，传来冰冷潮湿的寒气，会有一个瞬间，激发出内心源自浅薄的慌张，想要拿眼睛去四下寻找，是不是在哪里，的确有自己认知外的存在，但视线举到一半又下意识收回，好像是怕万一真碰到了什么，那就要连过去几十年都一起颠覆了。

　　有了信仰的朋友，在国内和他们聚会时，也会听他们谈一些自己的体会，话题从浅到深，最终对我来说还是一知半解的。有信仰的朋友，以及不少像我这样，把"我信支付宝"之类挂在嘴边，充满大不敬大无畏和大无知的人，还是会在日常保持正常的友情。在许多方向上，大家给予了不同的答案，路过一座寺庙，在门外等他进去参拜完，或者到达一座教堂，我还是游客一般，只对蜡烛或彩绘好奇，然后对突然闪过的人影一惊一乍，回头依然能看见有了信仰的朋友，非常安静地在十字架面前合起双手。

　　一刹那，我会以为"把过去几十年都颠覆"，也许是极其好的事。

　　前不久遇到一位记者，问我现在梦想的生活是什么，我说搞不好还跟小时候一样，把海子的诗当成至高理想，他说："啊难道还是那个'面朝大海春暖花开'啊？"我说"对呀"，他大概是来不及掩盖，对我冷不防笑了个皱眉的形状，如同看一个完全不成器的玩偶，多少年也没有长出什么实质的灵魂。

　　我也知道，诗歌里的描写，或许能短暂实现一分钟，一小时，但要跨度达到整个余生，的确没有可能。尤其本质上我还是个异常务实的人，和死党们结下誓言"一定要住在方圆 200 米内有 24 小时便利店和无印良品的地方"，认为没有地铁站的"近郊"太不方便，无法忍受有一个小时没有联网。像我这样的人，多半已经失去了归隐的能力。再美的海景，再美的山，也仅能当成景色去欣赏，自己身上的特征只会被它彻底排斥和拒绝，我这样现实，时常焦虑，要时时刻刻抓着时代的影子，就怕一不小心脱手，我这样的人，走在佩泽纳斯的街巷中，唯有深深遗憾，自己做不了被它包容接纳的那类人。那样的人必然是幸福的吧，他们走进莫里哀的剧院，在台阶下逗一逗倨傲的猫，脚底被石街半虚半实地按摩，不用等到疲累发作就是一家花团锦簇中的咖啡店。

　　也未必实现了才能称其"梦想"，"梦想"多半是不能实现的。那么下辈子做个可以被大海和花开所接纳的人吧。

4月13号

朗格多克的凡尔赛宫
Le Chateau de Lorgeril à Pennautier

特别导游 恒殊

自古以来，巴黎郊外的凡尔赛宫就是奢华精美的代名词，但在偏远的法国南部，竟然有一座庄园也被赋予了这个名字，它就是位于卡尔卡松古城附近的罗格里－佩纳蒂耶。

1620 年，朗格多克大区的财务总管伯纳德·佩纳蒂耶开始建造他的庄园，两年之后，年轻的法王路易十三来这里拜访。他住得开心，一激动就把自己的随行家什全盘赠与了庄主，以致庄园里至今保留着一间"国王的寝室"，里面可以看到一张华丽的四柱床。床很小，帷幕低垂，因为那个年代的国王"不能倒下"，所以只能憋屈地坐着睡觉。

后来伯纳德的儿子皮埃尔－路易成为了庄园的继承人，他仍是财务总管，常驻在路易十四的凡尔赛宫，于是动起脑筋把家中装潢也改成了类似的款式。他还曾经资助过戏剧家莫里哀来这里留宿和创作。

庄园传了八代之后，佩纳蒂耶最后的继承人是一位女性。她嫁给了一位来自法国布列塔尼的贵族罗格里，于是这座庄园改称为罗格里－佩纳蒂耶。它也是著名的罗格里酒庄的所在地，山坡上拥有大片面积的葡萄园。

今天庄园的主人是尼古拉·罗格里伯爵和伯爵夫人，他们翻新了室内建筑，和子女们仍然住在其中，并开放庄园成为当地顶级民宿，可提供参观、品酒、商务会谈和婚庆租赁，等等。

4月14号

卡尔卡松城堡

La cité de Carcassonne

特别导游 笛安

　　它位于奥德河的右岸。远远接近它的时候，有种大巧若拙的古朴扑面而来。城墙是土黄色，掺着点灰，绵延着，据说——城墙上的塔楼有 52 座。联合国《世界遗产名录》会告诉你，这城堡开始建筑的年代可以追溯到高卢—罗马人时期，在中世纪的末尾建造完成。几百年的时间里，每个历史阶段都在这城里留下过印记：在城墙上，在台阶里，在古堡中，在城中的教堂里……像我这样的外行人自然看不出那么细致的区别，我只知道，它与"精美"无关，说不上"宏伟"，也没有几百年后的巴洛克建筑那般奢华——可是或许所有来自中世纪的东西都有一种共同点，简单，厚实，带着血腥气的原始，还有一种类似《旧约》里的天真。

所有这一切放在一起，"永恒"便成为可能。

城门前面，有一尊夸张变形，但依然看得出是位女性的雕像——人们很容易就能辨认出她被当作城堡的守护神。其实她的确是。人们曾经叫她卡尔卡夫人，那大致是公元 8～9 世纪的时候，查理曼大帝的军队打了过来，试图攻下城堡。她的丈夫是城堡的主人，已经在守城的过程中去世。城里的人们艰苦地打了五年，在第六年的时候，城中弹尽粮绝，只剩下一头猪和一袋麦子。她命人把猪牵到城堡的最高处，一个敌军看得到的地方，然后用麦子喂猪。查理曼的军队果然看到了，在当年，麦子是一样奢侈的东西。于是敌军判断，这城堡中一定还有非常多的物资储备够耗很久——权衡了一下，撤军了。一个有勇气赌一把的女人，战胜了天真的敌人。这故事不知真假，至少给人种错觉，传说里交战的双方，都很美好。

贴士：有时间一定记得看看城堡的夜景。夜空湛蓝，城堡的灯光颜色类似月光，像是看见了活生生的迪斯尼动画。也许还能看到，城堡中的餐馆服务生下班的时候。一个穿着现代服装，耳朵里塞着耳机的年轻人，骑着自行车，从这巨兽一般的古堡里轻盈地飞出来——我保证，如今的世界上，这种场景怕是只能在欧洲看到了。

4月15号

科利乌尔
Collioure

特别导游 笛安

　　一定不是只有我这么说——这个海滨小镇不那么像法国，更像西班牙。除了我，还有很多人会告诉你，毕加索，达利——这些现当代美术史上如雷贯耳的大师都造访过这里。人们都说，加泰罗尼亚风格才是这小镇的灵魂。我理解的"加泰罗尼亚"，包括绵长的海岸线，包括孩童梦境一般亮丽绚烂的色彩，以及一股带着强烈孩子气的深深的悲伤——但是这悲伤的表现形式却是大红大绿的。

　　海边有很多画画的人，林立的画架提醒着你这里曾经是艺术家们热爱的所在。教堂建筑在高处的悬崖，海鸥似乎跟着潮起潮落，一次次地试着靠近十字架。最诱人的部分是在山上，沿着狭窄山道一路上行，夹着狭窄石板路，每一间民居都拥有热烈的色彩，粉刷成粉红，明黄，海蓝，玫瑰，苹果绿……房屋的样式却都看起来有了年头——就好像闯进了一个20世纪初的小朋友的梦乡。每家的花园都有鲜花盛开着，我恍惚觉得，若是下一次想写一个单纯但是苦难的故事，就把场景设置在这里吧。尤其是，当教堂的钟声响彻小镇的时候。

　　贴士：请记得一定不要嫌爬坡太累，因为越往山坡上走，房子就越美丽；山脚下那些小小的工艺品店都是值得好好逛一下的。我帮大家在一间小店里做翻译的时候，不小心把一个冰箱贴掉在地上，冰箱贴是一个软陶制成的老船长，一条腿摔断了，我想要把它买下来，可是老板说就送给我了。现在，这个独腿的老船长静静地站立在我家的冰箱上——也许他能在冰箱里听见海浪的声音。

科利乌尔

蒙彼利埃

4月17号

蒙彼利埃老城
Montpellier

特别导游 落落

　　4月17日，我们来到了蒙彼利埃，也是从上海出发后的第9天。我的记忆和感知开始变得自作多情，走在蒙彼利埃市中心广场，就偏要觉得这里有一点和上海的类似——事实应该倒过来说，上海有一点点和它的类似，作为过去的法租界留下来的上海淮海路、瑞金路，时不时地能在这里找到更加系统的面貌。但当然，老城和片段状的租界们本来也不同。不见了在异地繁殖时的生猛和强硬，在那里它们总得需要手段和办法，属于这里的一切原本就也属于这里，所以它完整得没有一丝缝隙。草坪上躺满了懒洋洋的年轻人。这是个正巧开始春假的时刻，年轻人们坐满了街头的咖啡馆，细细的吊带背心们环绕起黑亮的肌肤，金发与褐发过渡了从乳黄色城墙开始的渐变。同样是被日光宠得太好的地方，沿街的梧桐树们都修建成了美丽的艺术，绿得多姿多彩，好像是受过神的旨意，直到绿的程度到了这里，才是衬着这天这路这里的人，最美好的绿。虽然"老城""老城"地称呼他，但据说这里是大学生们格外多的城市，所以走在哪里，都像在身处一个偌大的校园里，看他们把活力用懒散来表现，又把懒散的风情不屑一顾地从眼角望出去，未来都是充满希望的，这样的自信不需要言说，有一整个城市举杯般地为它允诺。广场便陷入这番满是挥霍的惬意里，那边比萨骄傲地出炉了，这里刚刚饮尽一杯缠绵的酒。"老去"是和"阴霾"一样，不会光顾此处的东西。

4月17号

法布尔美术博物馆
Musée Fabre

特别导游 落落

　　资料上说："法布尔美术馆被誉为最美丽的美术馆之一，她融古典与现代
建筑风格于一体，是一座独具特色的美术馆。馆内收藏了 17 世纪荷兰和佛拉
芒艺术大师的欧洲画作（比如画家阿洛里、维罗纳、贝拉、多米尼加、苏尔瓦
兰、普桑、伯登、朗克、科依贝勒、雷诺……）还有画家德拉克洛瓦、库尔贝
和热里科的现当代藏品。该馆丰富的藏品使其成为欧洲排名前列的美术馆之一。
2010 年 2 月，在法布尔美术馆隔壁的德斯佩朗·萨巴蒂尔馆邸里新开设了一个
装饰艺术博物馆，从而大大丰富了法布尔美术馆的藏品。"对"艺术"这个词，
资料性的介绍当然起不了什么作用，正如我从来觉得文字也是不可能涵盖一幅
绘画作品的，无法描述，无法形容，不仅是画面本身，哪怕连自己内心的感受，
也会因为它们或是还未定型，还太遥远而难以具象，又或者太复杂和澎湃所以
更加困难。很早以前在台北故宫，在大英博物馆和卢浮宫里所见的世界珍宝们，
大多只有亲自站在它们前方才能知道它们成为珍宝的原因。在法布尔美术博物
馆里的作品也是一样。所以我乖乖地放弃了，既然以我的观点，绘画永远是比
文字要高一级，至少它们也从来不在一个维度里，有时候总觉得，虽然自己是
以三维的形象站在呈现二维的绘画作品面前，可和它们在刚刚面对面的瞬间，
我就是被降级成平平无奇，没有厚度没有深度的一片二维，而它们却从我的身
体上立体了起来，背后是一整个令人战栗的宇宙。

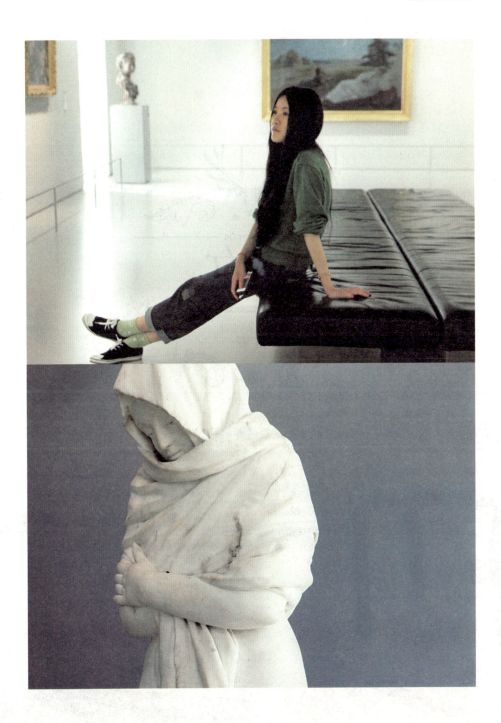

Chapter 04

母 女

The Next·Sud De France

文
笛安

小兔子乖乖，把门开开。快点开开，我要进来。

——题记

淑绢阿姨说会在蒙彼利埃机场接我们，这个机场很小，我们傍晚抵达。行李传送带上寥寥几件，我妈妈那只浑身飞满 LV 的大箱子一眼就看得到。"我去推车，你把箱子搬下来。"妈妈说，然后她略微尴尬地环顾了一下四周那几个面无表情冷若冰霜的欧洲人，"下次不拿这个箱子出来玩了，看上去像暴发户。都是你爸，非要我拿着说这个能装的东西多，人家说不定还以为我们是出来洗钱的……""你想多了。"我打断她，把行李按照大小挤在手推车上。"妈妈帮你。"她上来握住了箱子的把手，"你慢着点慢着点，当心我的腰……啊呀，淑绢——臻臻你快点叫人啊。"

淑绢阿姨穿着一件简单的黑色长裙，头发绾在一侧，随便地拿一支泛着铜绿的簪子穿过发髻，微笑地看着我们。浑身上下的宁静，一望而知"欧洲"已经成了一缕沉潜在她骨头里的气。我瞬间便觉得，我和妈妈是真的很吵。妈妈

用力地拥抱她："淑绢，还是这么好看。""你也好看，气色又好，好像比前些年瘦了些。"淑绢阿姨用力捏捏妈妈的胳膊，属于中国人的那部分灵魂在这个瞬间熠熠生辉，"臻臻现在好漂亮呀。"她的笑容里有种优美的倦意，就因为这倦意，她眼角的鱼尾纹也丝毫不觉得突兀，我暗暗地想，等我到了四十五岁要是能像她这样，我才不会担心何时是更年期。

"我听说过，你们法国人的车里，好多都没有冷气。"妈妈坐在副驾上，我跟我的旅行袋一起摊在这辆小红车的后座，"不过人少的地方就是看着舒服啊。"——她显然已经忘了过海关的时候她还跟我说："臻臻你说这不是法国第六大城市么？机场怎么这么寒酸真是跟我们中国没法比，对不对，不说首都机场了，成都、杭州的机场都要比这儿不知道气派多少……"

蒙彼利埃机场外面没有排成长队等着客人的计程车，也没有一撮一撮送往迎来的人群。只有一排沿着马路蔓延的树木，像是并不觉得被种植在机场旁边是什么特别的事情。车子开始移动的时候，我只看到一个女人，拉杆箱放在身体旁边，站在机场外面的自动贩卖机旁边，点烟。顺便在风里拉紧了衬衫的带子。黄昏的视线里揉进去了金粉，我觉得她不像是刚刚抵达，而像是在等候为她送

别的人。

"我们这次能不能看见安琪？"妈妈问。安琪是淑绢阿姨的外甥女，十几岁就到这个国家来学艺术，自然，也是妈妈嘴里常常提起的那些"别人家的争气小孩"之一。

"见不到，我都已经有快一年没看见她。"淑绢阿姨苦笑，"她工作忙，还常常满世界地飞，我去年到巴黎去看她，她住的地方吓死谁，三个女孩子合租一套公寓，打开门没有一个能落脚的地方，一大堆画笔就扔在平底锅旁边，锅还不刷……"

"年轻人还不都这样，不过我们臻臻倒是喜欢收拾屋子——可是安琪有出息啊。"

"你这是说哪里的话。"淑绢阿姨望着红灯，换了挡，马路上只有两三辆车，等着红灯过去了，就依次朝着不远处的晚霞开过去，"臻臻当医生多好，在这边，年轻人打破了头也考不上医学院。"接着她转过脸对我笑笑，"臻臻请假出来玩一次不容易吧，我知道住院医生一年到头辛苦死了。"

我们都没有回答，因为我已经从医院辞职两年，这两年我基本上什么也没有做，我也承认我的人生出了很大的问题，此刻不是能仔细解释的时候，妈妈估计是觉得丢脸。乡间公路两侧的景致一开始不大容易看得出是欧洲，除了那些法语写的指示牌，不过路过了好多的湖泊和水塘，满眼的芦苇和水鸟突然间就把天地变成了油画。"我们平时住蒙彼利埃，度假的时候就去塞特。四十分钟的路吧，是个小港口——我们每年都过去住两三个月。"

"真是不错。"妈妈试探地转过脸，"度假的房子是你们买的？"

"对，没多大，老房子里的一套小公寓，不过是顶楼所以带着露台，夏天在露台上吃饭，看着运河。"淑绢阿姨善解人意地笑笑，"六十多平米，二十万欧元，我说的是使用面积哦。"

"老天爷。"妈妈像是喝水被烫到了，"这么漂亮的地方——这是要气死北京人么。"尽管她和爸爸是两年前才搬去北京的。我知道她希望淑绢阿姨借着话头问问她在北京的生活——这是她近来一直津津乐道的事情。

"谁说不是，我一到北京皮肤就会过敏，一想到你们要花那种价钱去买房子，就替你们觉得冤枉。"淑绢阿姨打满了方向盘，方向盘的两侧像开着两朵晚香玉，妈妈显然有点沮丧。

"我记得……"妈妈换了话题，"安琪比臻臻大两岁？"

"是。"

"有没有合适的男朋友啊？"

淑绢阿姨显然兴奋了起来："别提这个。提起这个我姐也只剩下叹气，我跟你说……"

我在夕阳里闭上了眼睛。我打算就这样闭着眼睛直到我们抵达塞特。我知道妈妈一定会回过头来并且不止一次，以确认我是否真的睡着——她已经等不及要跟淑绢阿姨聊我的惨状——其实我自己也可以说给别人听，没什么丢脸的。我爱上了一个人，在妈妈眼里这个人是一个极度胡闹的选择，但是我坚持，坚持的程度让她开始怀疑她自己一向正确明智的人生里究竟做错过什么招致如此报应。后来她终于心怀悲情地让步了，于是我和他打算去结婚——但是他不见了。这不是比喻，是真的，就在我们约好去照结婚证上那张合照的当天，他迟到了十分钟，我打电话给他，以为他会告诉我他塞车，但是无法接通。从此我再也没打通过他的电话。一周后我终于收到他的邮件，他说，要我相信他，他会回来。

所以，妈妈赢了。她宽宏大量地张开双臂迎接她狠狠被生活教育了的女儿。——说到底这孩子只是因为单纯和无知。她本来就计划着初夏的时候到法国南部去看看她多年的闺密，于是她决定带上我。她也必须找个机会给她的朋友讲讲我究竟遇上了什么以及这趟旅行对我来说是多么地必要——她一直相信自己是最好的母亲。

无所谓。反正，我知道他会回来。

塞特是个小城，却是重要的渔港。夹在地中海和一个大湖泊的中间。淑绢阿姨的老房子的窗框好重，漆成朱红色，上面还悬着一个硕大的金属搭扣，起像门闩那样的作用。推开它们，看见运河，运河静静地穿城而过的时候，满城灯火都屏住了呼吸。船都泊在错落有致的光亮中，好像根本就没有起锚这回事，好像它们从存在起就一直停靠在那儿。我身后的另一扇窗子朝北，正对着这栋楼的中庭。我不大懂建筑，不过的确觉得那个中庭有点西班牙甚至是北非的风味。至少地面是用细碎鲜艳的马赛克铺就的，中庭的墙壁还整个都粉刷成了明

艳的黄色——介于柠檬黄和土黄之间。淑绢阿姨和妈妈的说笑声就从身后那扇窗边传过来，传到我这边的时候，夜色里的运河不为所动；可是声音到了中庭里就被击打在墙壁上，击打在三层楼下面的内院里，形成一种悠长的错觉。淑绢阿姨的先生是个大她快要二十岁的法国人，皮埃尔，有肚腩，谢顶，面容和善的南方进出口商人，起先还强撑着跟我们讲英文，喝完两杯酒之后就开始混乱，先是一句话里所有的介词都替换成了法文的，然后某些单词的发音也开始变得古怪起来，最终投降——淑绢阿姨来做必要的翻译。但是妈妈的英文又不好，一餐饭吃到一半，淑绢阿姨和妈妈把椅子挪到一起，开始肆无忌惮地说中文，皮埃尔完全不介意，坐在桌子另一头，一杯一杯地给自己倒上各种酒——并且在她们二人开始大笑的时候插上几句法文，看起来无比契合，好像这真的是场三个人的愉快对话。

我一个人坐到了客厅的另一头，看着夜色。在这种时候，我会一厢情愿地觉得，这运河是我的。远处，山的轮廓将所有灯光推揉到了一个杯子里，醉卧沙场君莫笑，古来征战几人回。——不过在杯盘狼藉的港口，没有人会笑的，人人都是醉卧沙场百无一用的情种，谁也笑不着谁。

我的手机一直揣在连帽衫的衣兜里，早已拿出来看过了。国际漫游已经成功地搜索到了这边运营商的信号，爸爸的短信也已经打开读过了好几遍。也就是说，谁都可以找到我，只要愿意。

"你再要一杯酒么？"皮埃尔笑着举着白葡萄酒的瓶子，像是换上便装的圣诞老人。

"不了，谢谢。"我其实被吓了一跳。

"不好喝？怎么会？"皮埃尔失落的表情让我觉得我做错了很大一件事情。

"好吧，我再要一点，真的最后一杯。"

"这就对了嘛，有助于睡眠。"他帮我倒酒的时候，还加了一句，"要是你想打电话，可以用家里的座机，淑绢有那种往中国打电话很便宜的卡，你找她要……"

我用生硬的法语跟他说："谢谢。"我就会这么一句。

"你的手机有信号？为什么我的就是不行。"妈妈不知何时凑了过来，些微的酒意让她的语调松散而轻快，"欸？谁的短信？"某些时候她比我还要像个小女孩。

　　"爸爸的。"我把手机收进了兜里，不打算给她时间阅读内容，其实爸爸不过是问我们平安到达了没有，她看了也没什么关系。

　　"淑绢阿姨这儿只有两个房间，一间是他们的，我睡另一间，你只能睡客厅沙发。你要是愿意，也可以来跟我一起睡卧室，像你小时候那样。"

　　"还是算了。"我笑，"我喜欢睡沙发。"

　　"这儿真好。"她喝干了杯子底残存的一点红酒，"要是我会说法国话，我也跟你淑绢阿姨一样，留下来不走了。咱们也在这儿找这么一处房子，就咱们俩，每天就是吃饭睡觉喝葡萄酒，醒了看景色，是神仙才过的日子吧。"

　　"谁赚钱？"

　　"你爸啊！"她瞪大了眼睛，仿佛在吃惊我为何会问出来这种愚蠢问题，"让他在国内赚钱，我们在这边用，反正现在国内物价那么高，这边欧元还在贬值，我们在这边花钱未必吃亏呢。"——她越说越像真的，"我也没说要一直住下去，就是待一段时间嘛，说不定过几个月你就能在这儿找一个欧洲小伙子，那多好。"

　　"妈！"

　　我们都沉默了，厨房里皮埃尔不知道在做什么，感觉一阵瓶瓶罐罐的碰撞声。

　　过了一会儿，她叹了口气，我听得出这种叹气的意思，她不想破坏此刻出游见老朋友的好心情，她说："我真不明白你到底像谁？我和你爸爸都是知道自己要什么的人，怎么会生出来你这么蠢的孩子？"

　　"我没有你那么好的运气，能遇得到爸爸。"我其实想说"你只是运气比我好而已，不代表你比我聪明"，但是我换了种说法。

　　"你有机会的。"她不耐烦地冲我挥挥手，好像她手上那个喝干了的水晶杯会听从她的驱赶，默默地自己走回厨房去，"你原本有机会，以后也有的是机会——找一个正确的人，过简单、舒服、合适的日子，是你自己就是不肯做正确的选择。"

　　"我跟你说过很多次，不是我不想，是我做不到。我不喜欢你说的那种正确的人……"

　　"你不给自己机会，怎么知道你就是不会喜欢。"

　　"问题在于我已经喜欢了那个人，所以我就是做不到了，你为什么就是不能明白这个呢？"

　　"喜欢一个人哪有那么难，你能喜欢他就能喜欢别人。"

　　"也许有的人可以，我不行。"

　　"所以你就是蠢。他骗你，把你耍得团团转，你自己也看见了你怎么就是不懂得接受教训，人都会犯错误可是你犯了错误不能不懂得纠正。"

　　"妈妈你爱过爸爸吗？"

　　"废话。"

　　"我知道你现在爱，我问的是你们年轻的时候，你们刚刚认识的时候，你有用爱情爱过爸爸吗？"

　　"你们年轻人永远觉得我们上一代的人什么都不懂，可是我告诉你，什么年代的人生都一样，翻来覆去没有几件新的事情。"

　　对话结束。即使已经走到了万里之外的南法，依然如此。

　　每一个人都恋爱过，每个人都失过恋；绝大多数人都经历过男人女人间的欲拒还迎欲盖弥彰追逐撕扯还有原始的缠斗。饮食男女朝夕相处耳鬓厮磨一辈

子，渐渐血肉相融，弥留之际告诉对方"我爱你"，绝对发自肺腑。——我之前也以为这就是"爱情"了，其实，不是的。

我没有妈妈以为的那么蠢，我知道我跟罗羿算不上合适。我也知道，从概率上讲，最有可能的就是，我的确被抛弃了，不我不喜欢这个词，我的确被丢下了，都一样。我已经仔细回想了无数次，在那一天之前，罗羿究竟有什么异常的地方。那天凌晨我从我们租住的那间斗室里醒来，我光着脚去倒水喝，踩到了罗羿丢在地板上的牛仔裤。他睡得很熟。第二天早晨我醒来，他已经去上班了，他上午不能请假，所以我们早就说好了，下午两点在民政局门口见面。我十二点半出门，给他发了微信，我说我现在动身了。他回复我：好的，待会儿见。

那是他发给我的最后一条微信。

起初我疯了一样地找他，联络他的同事，他的朋友，他认识我之前租住的地方的房东，甚至是他的前女友——我甚至去找了警察，可是，因为他发了那封要我相信他会回来的邮件给我，警察说他们不能立案。那个警察用一种怜悯的神情看着我："有可能，他就是不想见到你了，你说，这种可能有没有？"

我没法反驳所有这些同情我的人。他的同事说，他在三周前就递交了辞职

报告，一个人在正式离职前的最后几天不告而别，不是什么了不得的事，离职手续已经办完，最后一个月的工资已经结算清楚，他之所以还去上班只是为了做必要的交接——我说这些我都知道，他辞职是因为想在我们结婚以后换个前途好点的工作，辞职之后我们就能马上动身去什么地方旅行——那为什么，一个马上就要离职的人，还要说自己结婚当天上午必须去上班，能有多么重要的事情？——他说过，那天上午有一个会议，很重要，他必须去跟当初力排众议把他招进公司的旧上司道个别，旧上司在会议上要提一个应该没人会支持的案子，不管有用还是没用，他都要去为他举手投上一票，这是他最后能做的一点事情——你就那么相信他说的话？

是的。我信。

那个同事显然不想再跟我浪费时间："你要是就是相信他是失踪了，去问问他父母吧。"

可是他没有父母。

几天来，淑绢阿姨开车带着我们走了好几个小城。卡尔卡松、佩皮尼昂、纳博纳、贝济耶、佩兹纳斯，并且还将朝着比利牛斯山前进……这个地区真的古老，名字一长串，朗格多克 – 鲁西永——听起来的确像是傅雷先生翻译的巴尔扎克小说里会出现的词。往往就是在宁静的乡村公路上，蓝天绿树之间，迎头撞上一个古罗马，或是中世纪的遗迹：城墙，桥梁，修道院，天主教的教堂……现代人们司空见惯若无其事地跟他们共存，反正，每天都看得到那个古人留下的，笨拙的微笑——有了它们，这里的地平线就更像是用来包扎伤口的。

"真漂亮。"妈妈站在纳博纳教堂的祭坛下面，像是大气不敢出，像是在恐惧自己的声音。

"是。"我说。仰头看着纵横交错的石头穹顶，平时我想看星星的时候，也会把头仰成这个角度。

"我是不信任何教的。"妈妈看着淑绢阿姨，"可是到了这种地方，就觉得还是得保持点尊敬。"

淑绢阿姨也笑笑："我总觉得，什么都不信的人，不懂得什么叫真正的尊敬。"

"假洋鬼子。"妈妈打趣着，抿了抿嘴唇。

"异教徒。"淑绢阿姨故意做出一个夸张的耸肩的动作，随后跟着导游去听讲解了。

　　"你还有硬币吧？给我一个两欧元的。"妈妈转向我，把手掌平展地摊在我面前。

　　"干吗啊？"其实我已经猜到了她想干吗。

　　"我去那边点支蜡烛，我求上帝保佑你。"

　　"我挺好，就不用麻烦上帝了。再说，你又不信上帝，干吗现在想起来人家。"

　　"我不信又怎么样，来都来了，拜一下总没错的——我还不是为你啊，我求上帝帮我管管你，把你引到正路上去。"

　　"我杀人放火了么？"我承认自己语气烦躁。

　　"你不懂得人生即便不完满也不能犯错误。这是最基本的，可是你不懂，你太任性，只图一时的开心快活不看长远，我管不了你，只能求神明。"

　　"我觉得一辈子只为了不犯错才是最大的错误。"

　　"你看，犯了错还不知道纠正跟反省，即使被不靠谱的人甩了也还嘴硬。"

　　"妈我们一定要在教堂里吵架吗？"

　　"我是你妈，我眼睁睁看着你差点就要跳火坑了，我说都不能说你一句？

还好老天有眼，让那个小子走人了，不然你就真的毁了自己一辈子你哭都来不及。"

"那你去点蜡烛好了，感谢上帝帮忙，让罗羿放我鸽子。"

"就不明白你了，承认自己犯错了有那么难么？你还记得那年咱们家装修房子么？我为了浴室里的那个柜子跟你爸吵得那么凶，后来我选的柜子送来了，颜色果然不合适，我就很主动地跟你爸道歉了，退了货订了他看上的那种，的确更合适些。亲人之间讲那么多面子干什么？"

"所以，"我倒抽了一口冷气，不敢相信我听见的，"你是想说，我选错了人，而你选对了，我爸对你来说，只是一个正确的浴室里的柜子？"

"你抬什么杠啊，他罗羿能跟你爸爸相提并论么？他配吗？"

"爸爸是你的男人，罗羿是我的男人，为什么不能相提并论，哪里不配？"

"他还是你的男人吗？他人在哪儿？他躲起来了因为他玩腻你了，你非要逼着我把这种话说出来吗？"淑绢阿姨和皮埃尔早就回头看着我们俩——即使皮埃尔不懂中文，我知道他也清楚地感知到了那种紧张。淑绢阿姨故作轻快地说：

“你说要硬币是吗？我这里有的。”

妈妈恨恨地挥了挥手："不跟你说了，丢脸都丢到国外来，你不做人我还要做人呢。"

那天回程的路上，她一直不肯理我。我们路过了曾经属于教会的田地，中世纪的修士们曾经做完早课，就到这片地里来种植迷迭香、玫瑰花，还有葡萄。

我有个秘密。在我父母刚刚结婚的时候，我妈妈怀过一次孕，那是个男孩子，可是她生病发烧吃了药，所以他们就这样失去了我的哥哥——我其实不知道他能不能算是"哥哥"，因为如果他正常地降临人间，妈妈便不可能在那个时间怀上我，我就不会存在了。

可是，在一段相当长的时间里，我看得到他。不，不是幻觉，或者说，我不知道那究竟算什么。从我幼童时期，直到二十四岁那一年。他随着我一起长大，总是在深夜或者我绝对独处的时候突然到来，我们一起度过了很多快乐却

　　莫名其妙的时光。我从一开始就把他当成是生活的一部分，并且，无师自通地，对任何人绝口不提。

　　二十四岁的某一天，哥哥消失了，我再也没见过他。

　　我是在心理医生诊所门外遇见罗羿的。不管我有多么斩钉截铁地相信哥哥是真实的，内心深处也依旧有种如影随形的恐惧。万一一切都是幻觉，万一呢？

　　那段时间，我跟着父母搬到了北京。辞掉了家乡医院的工作，待在家里准备考试。有了罗羿之后，我就告诉妈妈，我不考了，我不去国外，我只想留下来跟他在一起。所以妈妈恨他，觉得是他阻挡了我的前途。

　　那个名叫佩兹纳斯的小城里，有莫里哀过去常来演出的剧场。老城区里古旧的巷子彻底迷倒了妈妈，她拉着淑绢阿姨，钻进一个手工艺品店里，走不动路了。手工艺品店的对面，有一栋老房子——皮埃尔说，估计是九百多年前建造的吧。一位跟妈妈年纪差不多大的女士踩着九百多年的台阶走下来，手里握着一把黄色的铜钥匙。"她住在中世纪的房子里啊？"我惊讶地问皮埃尔，"我还以为这里不能住人。"

　　"她……应该是住这儿吧，住了好几百年了也不想再费事搬家。"皮埃尔

一边擦着额头上冒出的一层汗，另一只手习惯性地抚摸着他的肚子。看到我被他逗得大笑起来，神情得意。

"你们能来这里，真好。"皮埃尔注视着店铺橱窗里隐约透露出来的，妈妈和淑绢阿姨的背影，"淑绢这几天是真的很开心。她平时很寂寞，要是你们有时间的话，就多来看看她。"

"我妈妈有时间的，有的是时间，"我笑着，南法的明亮阳光均匀地烘焙着我的脸，"不过，我下一次是什么时候来，可就说不好了。"

"也是，年轻人需要存钱。"皮埃尔往建筑物的阴影里挪了挪，"下一回，不管是什么时候，一定带着你的恋人一起来，给我们看看。"——圣诞老人对人做鬼脸的样子还是有点始料未及。

我默不作声。

"年轻女孩子爱上了妈妈讨厌的人，我说得没错吧？我看得出来。"他动作夸张地指指自己的眼睛，"我是不懂中文，可是你别忘了我已经活了六十五年。"

"我想问你一个问题，可以吗？"我没有等他回答，因为我自己也清楚不过是客气一句，"那天，我们本来说好要去结婚的……可是他没出现，从那以后我就再也没有见过他，三个月了，我只收到过他的一封邮件，说要我等他，他会回来会解释。所有的人都说我被骗了，可是我觉得即使他想离开我，也不可能是用这种方式，我愿意等他，其实我自己也不知道我这么做对不对，但是，这真的那么蠢么？"

"你相信他爱你吗？"皮埃尔的神情变得认真起来。

"相信。"

"你有你认为的，足够充分的理由？"

"我有。"

"那么……在你们中国，注册结婚需要带身份证的吧？我想全世界应该都一样。"皮埃尔拍了拍脑门，像是豁然开朗。

"对。"

"你不如就这想，他去结婚的路上发现自己的身份证弄丢了。他不好意思告诉你，因为他觉得这样显得自己很蠢，于是他打算等办好新的证件以后，再重新去跟你结婚。"

眼眶里有一阵热潮席卷过来，脸颊上都被带得一阵酸麻。我努力咬一下嘴唇，笑笑说："谢谢。"

那晚我们没有回塞特，住在了一个酒庄旁边的家庭旅馆。旅馆的老板也是酒庄的主人。我们在这里住一晚，第二天清早，淑绢阿姨她们会直接把我们送到蒙彼利埃的机场，我和妈妈要到巴黎去，她报名参加了一个巴黎的旅行团，这种宁静的旅程明天就要结束了。

一周以来，我怕是喝掉了一辈子的葡萄酒。晚餐还没上甜点的时候，旅馆老板也坐到客人们的桌子旁边，大家一起喝了起来。皮埃尔鼻头红红的，拍着我的肩膀道："孩子，在巴黎可没有这种事，在北方，人人都吊着一张脸不肯多说哪怕一个单词。"然后他们哄笑了起来，旅馆老板殷勤地站起身，拿起一瓶醒够了的玫瑰红，绕着圈斟了每个人的杯子。妈妈急急地凑到淑绢阿姨耳朵边要她翻译，好像错过了笑话是件非常失礼的事。

我借着去洗手间的机会，走到了室外。我面前有一片空旷的空地，二十米外，

葡萄们在夜色里混沌地沉睡着。从生到死，它们不知道把它们拿去酿酒的凶手们给它们取了多么美丽的名字：赤霞珠，霞多丽……还有什么，白天淑绢阿姨教给了我好几种，我为何想不起来了？我是喝多了么？

微醺的时候，我最想念你，罗羿。

"臻臻，妈妈只不过是想保护你。"我听见了她的脚步声，她是在我身后站了一会儿，才凑过来坐在台阶上的，不管是在多么喧闹的地方，我也认得出她走路的声音。

"我知道。"我侧过身子，举起我的杯子，轻轻地跟她碰了一下，"祝你健康，妈。"我笑着，脑袋里有点恍惚，我想她也一样吧，她眼睛里有种很可爱的蒙眬，年轻的时候她是个漂亮的女人。

"祝你幸福。"杯子已经凑到了她的嘴边，她却突然把它移开了，她有些烦躁地说，"可是你真的能幸福吗？你呀，等你当了妈妈，你就懂了。要是你也有一个不听话不省心的女儿，到那一天，你再来找我。"

"你知道，我从小一直看得见哥哥。"一种绝望静静地悬在我心里，因为我知道我下面想说的话，也许她一个字也不会懂，但我还是必须要说，"我真的看得见，有好多年，你会觉得我有病吧？我自己也以为，我是真的有病，你还记不记得，你那时候总是问我，为什么那么久都不给自己买衣服，问我钱都花到什么地方去了……全都拿去看心理医生了，我不想告诉你和爸爸。可是罗羿不觉得我有病，他相信我看得见哥哥，他相信哥哥就是真的存在过，因为，因为他和我一样，有十几年的时间，隔三岔五的，他死去的姐姐就会回来跟他说话，只有他自己知道。我们在一起以后，就决定，再也不去看心理医生了，只要我们俩觉得对方都没有病，都相信那些事情是真的发生过，那这个世界就是一个死去的人随时会回来的地方。我知道，你嫌弃他没有钱，他性格不好，他是小镇来的孩子什么基础都没有，我为了他不想出国了让你失望了，我都知道……他不会嫌弃我，我也不会嫌弃他，我们珍惜的那个秘密在旁人眼里什么都不是，但是，但是妈你能不能这么理解，你能不能就当……就当我到了二十八岁你才发现我有残疾，算我求你，再不满意，你就当罗羿是我的那样残疾，行不行？"

"你胡说八道！"她厉声打断我，眼泪涌出来，"我凭什么就该当你是残疾，你能不能用用脑子，他处心积虑地想要接近你的话，什么故事编不出来，你也信，你什么时候能像个大人那样想事情，你不是孩子了，二十八岁，你以为你的好日子还剩下几天？你再这么不顾现实地耗下去，你能像淑绢阿姨那样人老珠黄的时候嫁个外国老头子就算是好的下场了。你爸的心脏也不好，你想气死我们是不是……"

她像我小时候那样，冲着我扬起了巴掌，停顿了一下，又突然放下了。

我看着月亮，笑了："你当我什么都没说就好。"

我听见了手机的音乐声。一周没听见来电的声音，我需要发呆一秒钟才能确认不是幻听。屏幕亮了，两个汉字：罗羿。我不知道这是否代表上帝终于奖赏了我所有的盲从，我只知道，此刻就像是我刚认识他的时候，那两个汉字，让我生活的陈旧宇宙里，突然照进来一束柔软缠绵的光。

"我不去巴黎了，我换机票直接回北京。"——十万火急的时刻我居然首先想到的是这件事。

妈妈冷笑了一声："他是打来跟你正式说分手的。"

我手指颤抖，按下了"接听"。

【完】
2013年8月14日

Chapter 05

旅途即景
The Next·Sud De France

郭敬明、落落
笛安、安东尼、恒殊

郭敬明
旅途中的『 酒鬼们 』

　　这一次的法南之旅，有一个最核心的主题，那就是酗酒。（……）

　　对于我们这帮平时就老爱找各种各样的理由（某某新书出版，某某项目顺利完成，某某搬新家，某某家的猫生了小猫，某某不再拖稿交了专栏……）开庆功 party 的人来说，这实在是太美妙不过的一件事情了。

　　每一餐都会配上当地有名的葡萄酒，有些极其昂贵，有些价格也非常亲民，并且吃海鲜，吃牛排，吃蔬菜，吃烧烤……不同的主食都会有不同的美酒送上。我酒量不好，但是却又爱逞能贪杯，总是和安东尼落落恒殊聊着聊着就喝多了……甚至后来在古堡中一个庭院中吃烧烤的时候，连喝着当地最有名的 ZERO 气泡酒（也就是零度的气泡酒，完全没有酒精），我们也能满脸通红，笑声不断。（后来想起来，应该是被法国南部无限量供应的日光晒醉了。）

　　记忆最深刻的应该是在鲁西荣 Georges PUIG 酒庄里喝"天然甜"的时候——他们把这种发源于当地的酿造葡萄酒的独特方法传承了几个世纪，这种自然会产生甜味的葡萄酒就被他们称呼为"天然甜"。最奇妙的是，酒庄的主人在桌子上一字排开各种年份的酒，让我们开怀畅饮。那算是我人生喝醉酒体验中最愉悦的一次了——感觉不出任何酒精的不适，只留下舌尖浓郁的甜味。我们从2007 年一路往回喝，中间还特别喝到了 1949 年的酒，那是新中国成立的年份。后来喝到 1890 年份的时候，大家都有点开玩笑的害怕，我们打趣地说这个酒的年龄比我们爷爷的爷爷都要大，还能喝吗……我们中间胆子最大的落落，做了第一个吃螃蟹的人，她喝下第一口后直接尖叫了起来——太好喝了吧！于是我们纷纷加入了她。事实证明，只要你喝过这瓶 1890 年的酒之后，其他的酒真的都弱爆了！我难以形容这个酒的浓郁甜美，用恒殊的话来说，"就像是吸血鬼喝到了精灵处女的鲜血"……尽管诡异，但好贴切。

　　离开的时候，酒庄主人说要送我一份礼物，是一瓶酒，我低下头一看，瓶身上用花体写着"1983"。

　　哇哦。

落落
旅途中的『劳动楷模』

　　南法行的时间段正好涵盖了《文艺风象》当月的出片期，所谓的出片期对我来说，就是最简单的一句话"所有的版面都做好了就差你的《全宇宙至此剧终》连载了你到底还写不写你什么时候写完我们要等你到什么时候你先别睡啊你回我电话你回我短信你这个坏蛋"。即使身在"悠闲""自由""浪漫"的南法，也不得不暂时回到"交稿""交稿啊""快交稿啊啊啊"的现实里，其实让人颇为沮丧。每天早上都在温馨的早餐中被众人询问"你写完没""你写完没""你今天写完了没"，且看我淡定地给牛角面包涂着黄油一边慵懒地说"快了""快了""实话说吧我就写了个题目"。在坚持过了前五天的死猪不怕开水烫后，到了佩皮尼昂时，虽然美丽的海滩就在阳台之外，但那天我仍被迫鏖战两个通宵，哪怕在第二天移动的小巴上，我也不得不把自己塞到最后一排，凭着坚强的意志，和来自马路两边葡萄树的精神支持，顽强地又写了一千字（此处有掌声）。所以，说是"悠闲之旅"，但全程小四都时不时要为了当时还没有上映的《小时代》而联系工作，每天都能听见他在美酒美食之外抽出灵魂去对付微信里随时随地弹出的至少八十条信息，随行的小西和安仔同样三天两头拿出手机屏幕在那里讨论"你看这个单行本的封面是不是还得改一改""PDF出错了已经留言让他们重出"，一分钟让南法美景变成上海静安区（此处亦有掌声）。所以说，"无忧无虑"这四个字，也许只能发生在搜狐输入法上，今时今日，我们连暂时的逃避现实也很难做到了——谁让我们都是有责任心的全国劳模嘛，哼（此处掌声雷动）。

笛安
旅途中的『囧事』

　　虽然我们这一路上有专门的翻译，带着我们进行一路上的导览。不过，我也经常为大家做翻译的工作。点菜的时候，五六双渴求的眼睛集体望向我——这感觉蛮好。落落和小四总说，反正我们牢牢地跟着你就对了——其实我会有一点小担心，因为我已经离开法国三年，并且国内的工作也完全用不到法语。语言这个东西，一旦你不使用，退步是很快的。十几天的旅程，对我而言也是一个缓慢唤醒另一种语言能力的过程。我们的翻译，李先生是个脾气很好的人，在很多需要专业讲解的教堂或者城堡里，他翻译完了总会跟我说："要是我有什么说得不对，你帮我补充。"最后一天，在蒙彼利埃的告别晚餐上，当地的官员罗恒先生为大家正式地致辞，以示告别。罗恒先生说了很长一段话，最后一段是："现在我觉得我们必须要把最诚挚的谢意送给我们的翻译李先生，因为……"大家习惯性地在停顿处等着翻译开口，却还是一阵沉默。李先生表情尴尬，东道主的各种赞美之词还在继续，罗恒先生讲话很文艺，开始用了"桥梁"之类的比喻句赞美翻译的贡献。我就说："这一段让我来翻好了。"于是我忠实地将所有的溢美之词翻出来，大家哄堂大笑——因为每一个人都理解了李先生尴尬的沉默，让一个人自己这样赞美自己，还是需要一定的心理承受能力的。

安东尼
旅途中的『压力』

　　编辑和我说 这次 下一站 参与的是我们公司书卖得最好的作家 当时觉得自己好自豪好骄傲 结果途中他们四个聊小说聊作家聊写作风格 95％我都听不懂 这时候已经开始心虚了

　　接下来 落落 笛安 恒殊就开始赶稿 每当我大块朵颐地吃早餐的时候 她们就在聊昨天晚上又写了几千字 什么什么写完了…… 这样一天过去了 又一天过去了 终于在某个早餐 某人说我昨晚写了两千字的时候 我忍不住压力 一边吃饭一边默默地说 今天晚上我也回去赶稿 李安问我你写什么 我说我也不知道 随便写写 否则觉得自己不够红

恒殊
旅途中的『艳遇』

选择牧马人还是牡蛎老板，这是一个问题。

其实和欧洲各国相比，法国男人帅的并不多，但经过岁月的积淀，附上身后牢靠的家底（……），还是蛮有吸引力的。其中就有一个马赛扬的牡蛎老板，来自拓湖名闻遐迩的塔尔布里什家族（Tarbouriech），长得一表人才，用导游的话说，就是一位"标准的地中海美男"，十六岁跟随父亲奋斗在生产第一线，父亲去世后得到家族企业，现今四十七岁仍是风采不减当年，每年产值呈垄断趋势上升，养殖生蚝直供米其林三星餐厅，甚至在上海都可以买到他家的最新产品"SEVEN"（由七只生蚝包装而成）。

另一个是在卡马尔格地区圣路易农场的牧马人。此处离西班牙很近，也有斗牛的风俗，这里的牧场养着几十头黑色公牛，由一身西部装扮的牧马人老大管辖。他把牧牛当作是度假，一生都活在马背上，每年只等九月去盛大的尼姆斗牛节一试身手。他已经六十多岁了，但骑在马背上的矫健身姿就如同三十多岁的青壮年。

牧场归来，这一路上大家的心思就活络开了，若是嫁人的话，你是选择牧马人还是牡蛎老板？当然了，笛安落落她们的答案我是不会告诉你的……

Chapter 06

旅行中的我是紫色的

The Next·Sud De France

文
安东尼

『0』

真正意识到法国行程的真实性 是从拿到签证那一刻开始的

申请的是申根签证 它是绿色的 有 30 天的期限 我觉得申根签证很好看 我不知道它是把照片液化还是怎么处理过 看起来很像是仙剑奇侠传的包装那样 像是真人又过度美化变成漫画 我看了看小西 李安的签证也都是这样

申根签证可以去很多欧洲国家 但是我申请的这个下面有法国的字样 不知道是因为我是从法国进入欧洲 还是因为我是在法国大使馆申请的

在上海这几天我都住在小四之前的家里 因为很久没回上海每天晚上都很多的饭局还有出去喝酒见朋友 经常半夜回家 然后睡到中午起床

说不好怎样形容上海 我觉得他很有包容性 任何国家 任何背景的人都可以按照自己的方式在这里活着 互不干扰

有的时候我下午起来 在窗前看外面的城市 觉得他疯狂 又了不起 不知道哪里来的动力 一直在旋转 只要踩在上面的人就会不由自主地转动

后来我们去的法国南部是不一样的 他似乎是静止的 像一幅画 你可以在里面慢慢地 慢慢地走 心平气和的 走来走去还是在画中

『1』

在机场的时候 小西落落他们去买东西了 我和小四找了个餐厅吃东西 我们都点了红烧牛肉面 我看了下饮料 点了巴黎水 想说我们也是要去巴黎的人了 先把水喝起来 面条吃着 我觉得没有味道 于是问服务员有没有陈醋 我喜欢一边吃面条一边吃面包 然后面条还要放很多陈醋

于是我就一边喝着满是陈醋的 面条汤 一边喝着巴黎水 小四看了我一眼说安东尼 你太乱来了

从中国去巴黎的飞机比我想象的要快 感觉看了几个电影 睡一觉 看看书就到

了 下了飞机 走在巴黎机场 蜂窝式的水泥墙面一直延伸到天棚 我们到了法国 巴黎飞蒙彼利埃的时间只是看一本杂志的距离

在蒙彼利埃机场 大家的箱子一个个都拿到了 我就开始有一种不好的预感 果然我的箱子丢了 南法这边配给接待的李毅先生带着我去 机场行李柜台挂失 负责挂失的工作人员说 箱子很可能在中转的时候在巴黎机场出了问题 不过放心应该很快就能找到 到时候我们会联系你

说着她给了我一包东西 里面有牙刷牙膏袜子 洗脸的 还有一件衬衣 她说这个是给你的 然后这几天你有什么需要的生活用品可以自己买着 把发票留着 到时候寄给我们 我们总共可以给你报销 150 欧元的东西（记不清了）

出了机场 我也没有因为丢行李的事情而难过 大概是因为来到南法了还在兴奋中 来不及难过吧

我们上了巴士 这时候已经是傍晚我们直接坐车去塞特 从蒙彼利埃机场去塞特大概五十公里的路程 没过多久我们就出了市区 这时候已经傍晚了 巴士穿梭在高速路上 和山野间 远处的天是红色的 如果不是因为空气很透明 一定会觉得是跌入了爱丽丝梦游过的仙境 就在这个时候看到了远处湿地里的火烈鸟 我之前没有见过火烈鸟 最近一次听说这种鸟也是在一个测试里问朋友 Nic 最喜欢什么动物 他说火烈鸟 Nic 是一个在墨尔本做模特的朋友 他有一些洁癖非常有礼貌 有一种古典的美 他的脑子总是在云端里

我从来没有见过一种鸟这么幽雅 火烈鸟是一种大型涉禽 脖子长 成 S 型 通体长有洁白的羽毛又带着暖融融的粉 红色不是火烈鸟本来的羽色 而是来自其摄食的浮游生物所含的甲壳素 火烈鸟的上喙小于下喙 他们安静地站在湿地里 偶尔把喙探进水里 我赶快抓起相机拍照 结果已经错过了

我对塞特的第一眼印象 感觉是天边的朋友寄来的名信片上的风景 塞特被一条运河怀抱 运河上泊着各种各样的小船和快艇 它像极了我想象中的威尼斯 这时候天色已经变黑 只有远处些许泛蓝 明亮的黄色路灯把整条街点亮得像是 我第一

次去墨尔本的那个晚上

　　第一天住在塞特的 Grand Hotel 正位于河边 酒店的中间有个很大的天井 里面满是植物 有个很大的像是海盗的船上会出现的那种大的吊灯从二楼伸出来 使得整个空间的比例感非常地奇特 换上航空公司给的白色体恤 和李安 小西聊了会儿天 就回房间睡觉了

『3』

　　可能因为时差的关系 我一早六点左右就醒来了 打开门走到阳台 下面已经开始有窸窸窣窣的声音 对面的阳台有男人走出来 一边抽烟一边看着外面 我心里默默地想 抽个烟都弄得跟拍电影似的

　　因为我上飞机前特意换了舒服的运动服 所以现在身上唯一的这一套衣服很

适合跑步 去了楼下把钥匙留在前台就跑出去了 沿着河边跑 又沿着山坡向上跑
这时候看到了集市 有卖运动裤的 卖指甲油的 各种包的 也有卖蜡烛的 继续往里
面走是个菜市场 所有的菜看起来都很新鲜 我盯着蓝纹奶酪看 柜台后面的大叔和
我说萨鲁 也不问我要买什么 就是想和我打招呼的感觉 看水果的时候 水果摊的
女士也和我萨鲁 卖菜的小妹也萨鲁 一条街走下来 萨鲁了好几次觉得特别热情
一点也没有来之前听说的 法国人都很高傲鼻尖冲着天的感觉

　　继续往山上跑 来到一个公园 公园中间有个巨大的雕塑 下面刻着文字 我读
不懂 公园的一角很有趣 在洗衣机 马桶 微波炉里种着鲜艳的花 我觉得这种天马
行空的行为非常法国 继续往上跑 路过腿骨折撑着支架却走得飞快的法国少年 街
上偶尔有车驶过 马路不是很宽 车的速度都不快 我发现这边街上的车大部分都是
法国车 标志 雪铁龙 雷诺 比格兰 塔波特…… 我跑到山上的时候已经出了好多汗
这时候忽然想起衣服如果还不到 我就这一身衣服 岂不是要臭掉 想到这里 开始
往回走 回去的时候大家已经起来吃早饭了

　　接下来我们乘船参观了从罗纳河到塞特的运河 导游李毅说 三百年前 路易十四为米迪运河寻找出海口是来到这里 1666 年塞特港落成 为了纪念这个特殊的日子 当地人用水上比力的特别仪式来庆祝 从此以后 每年都有一次水上比力的比赛

　　中午的时候 我们在拓湖边上的餐厅吃饭 这是我们来到法国以后的第二次正餐 来法国后每次吃饭都要喝很多酒 每次吃饭都要吃三道四道的 饭后还一定要喝个咖啡或茶的 我想可能因为当地旅游局盛情款待吧 法国人自己出来吃饭应该也不会这么正式吧

　　饭后小西问我要不要出去拍点照片 我说不要 因为我们吃饭的这个饭店位于湖边 四周都是落地窗 饭店生意很好 里面大家都在用餐 我觉得出去拍照被人看着怪怪的 再说 我还穿着一套运动服 orz

　　不过后来饭后实在没事做 我就还是和小西去拍照了 我还特意和小西说 我们走远一点 其中有个照片 我从港口往堤岸上跳 因为角度关系 很像是跳到水里 我很喜欢

　　接着我们坐船去参观牡蛎农场 这时候大片的云遮住了太阳 忽然冷了下来 我穿得单薄 小西把他的牛仔衣脱下来给我穿 我觉得小西真的是个大好人

『4』

　　因为下午牡蛎吃得太多 回来的路上肚子就很难受 等到了酒店回房间就吐了（算命的 应验了 这是不是说明 她说我一辈子不愁钱花 也是真的？）

　　我们在靠近河边的小餐馆吃饭 吃了点东西以后觉得好多了 那天晚上正好是我生日 饭后我出去溜达 顺着河走 墙面上贴着大型的黑白海报 拐角的酒吧一群男人在里面喝酒 有的站着有的坐着拿着大大小小的酒杯 电视上播放着足球赛 对面有女生推着车从路灯下往我这边走 我想了想觉得自己已经 29 了这件事很可怕 想着明年就要过 30 岁生日了 明年生日一定大哭吧 但是这个想法没有坚持多久就又想这个小镇真美 我可以来这里住一阵子 白天做饭 溜达 晚上看书睡觉

　　回去的路上我忘记小西说了句什么话 本来没什么问题的 但是我和落落一下子想歪了 我俩交换了下眼神 然后大笑笑了一路一直笑回酒店 真的是很有趣 可惜现在想不起来了

『5』

　　告别塞特 我们来到被称为 喜剧作家 莫里哀之城的佩泽纳斯
　　住在 La Distillerie 这是一个设计酒店 它只有三层 从外面看很像是法国酒庄里会出现的那种小楼 进去以后 右手边有个很大的餐厅 餐厅的墙面是鲜艳的红色 四张能坐满八个人的大桌子零散地摆在餐厅里 红色的墙面和木质的桌子酒柜形成强烈对比 加上灯光和墙上的装饰 有种置身于剧场用餐的感觉

　　接着我们每个人都在前台拿到自己的房间号和钥匙 我住在二层 我的房间是极简风格 进去房间就是个大厅和小厨房 往里走是自己的房间和带有浴缸的卫生

间 卧室里有个小阳台 推开阳台的门 能看到隔壁农家的田地 和远处的葡萄园 已经能看到嫩绿的葡萄叶子开始发芽 犹豫着快要在葡萄架上攀岩的样子 一模一样的场景 似乎在之前的哪个电影里见过

放了洗澡水 只开热水管 把沐浴液倒进去 打开豆瓣电台放在酒店提供的音响上 去泡了一杯茶 刚想钻进浴缸泡个热腾腾的澡 收到小四在微信群里发的消息 他说我的房间太夸张了 阳台上有露天按摩浴池
我立马没骨气地发消息在群里说 我想泡 小四说等到晚上大家一起来泡
泡在浴缸里 闭上眼睛 厅里传来音乐的声音 感觉像是在家里一样

晚上我们就在那个红红的餐厅吃饭 照旧按照法国的习俗一顿饭吃了一个半小时 饭后还要选咖啡或者茶 我们的邻座有十几个人来用餐 他们年纪大概都在三十岁左右 看起来像是朋友或者同事 满满一桌子菜和大小不一的酒杯 有的时候发出特别大和爽朗的声音 如果放在中国 感觉上只有东北菜馆才有这样的场面 特接地气儿 可是让他们用法语一说 听起来就高端洋气 尽管内容可能和东北菜馆的也没差

晚上躺在床上 在想这个世界到底有多大 有清晨梳洗干干净净的在家门口修建花枝的日本老太太 有寒冷的雨天也在墨尔本街头穿着短裤慢跑的纯爷们儿 有天还没亮就在纽约黑人区的大街上穿行的学校黄色校车 有晚上十点钟也开业的文莱的夜市 贩卖海鲜炒面也能邂逅黑色的猫 有纽约时代广场的巨型广告 站在人潮流动的那里 似乎就站在世界的顶端 也有我的家乡大连 我们搬家到农村以后四月时节 对面是放眼望去的桃园 有桃花香涌过车道扑面而来
而这一切都发生在小小的世界上 坐飞机也不过几十个小时而已 我现在在法国南部的小镇 我的人生在整个世界来说如此地渺小 又显得如此漫长 想着想着不知道什么时候睡着了

『6』

　　第二天早上起来 我们准备去佩泽纳斯城转一转 早上在酒店吃的早餐 早餐有
个地方很有趣 不提供果汁 而是有一篮子新鲜的橙子 有个榨橙汁的机器 你要自
己把橙子割开然后按在那个机器上榨汁 那个果汁是我喝过最好的果汁

　　吃了早饭回去房间换了白裤子和灰绿色的衬衣 想说 在古城溜达要穿成富二
代在度假的样子 李安给我发消息说他的房间是一个阁楼 我很好奇 跑去楼上敲门
果然他的床对着一个斜着的房顶 他开始收拾行李换衣服 我躺在他的床上 这时候
他说住过这些酒店 他最喜欢这个房间了 如果以后有了自己的房子 他也要设计成
这个样子 我们几个一起出发 穿过小桥和有女神雕像的公园就来到了古城

　　古城里没有高层建筑 只有泥瓦建筑的小楼 它们的颜色是法国的颜色 如果你
不知道什么算是法国的颜色 可以这样理解 它就是所有的颜色但是不饱和 仿佛在
白葡萄酒里洗了几十年 掉了色 但是又有一种平易近人的美感

　　有的时候在深巷里走 会觉得凉 但是只要一拐角 顺应了太阳的方向 就会出现一路刺眼的阳光 我帮着落落背着书包 走在石子铺的路上 好像走在前世里

　　然后我们穿过古旧的大门走入了一个剧院 剧院的负责人不停地用英语给我们介绍着 我有一搭没一搭地听着 剧院的一楼是普罗大众都可以来看的 他们的后面有些私密的镂空包间 负责人说是有钱人带着他们的情妇来看的时候用的 我当时想法国人真奇怪 就算有包间 也是一个多么引入注目的事情啊 如果有小三的话怎么好意思带到大庭广众之下呢 接着我们来到楼上 有宽敞的休息厅 我想象很多有钱人中场的时候在这里休息 抽烟喝着香槟的样子 楼上的席位都是用红色天鹅绒包裹的 我们走出去的时候 似乎路过一个舞蹈教室 能听到里面学生排练时候踩踏地板的声音

　　后来我们一群人马继续走 我看到一个小店在卖小王子的名信片就进去挑选 选了两张水彩的名信片 等我出来的时候已经找不到大家了 也没有手机只能靠着记忆往回走 看到公园又过了小桥 回去酒店有了网络以后给大家发私信说 我已经回来酒店了 刚刚走丢 酒店见 恒殊回复我说 我们也快回去了 你在酒店等着好了

『7』

接下来我们去了古城卡尔卡松 卡尔卡松是法国朗格多克－鲁西荣大区省的一个镇 面积 65.08 平方公里 分为新旧两个城区 分别坐落于奥德河东西两侧 西部的新城区地势较低且占地较广 东部的老城区有城墙围绕 到古堡的路上 李安头疼晕车脸色煞白的 我们坐在汽车后排 他坐在我和小西之间 我很担心他 他忽然拍我说要个口袋 我正在找的时候 他已经开始吐了 这时候司机停下来 我问大家要了手纸 闻着那个味道我觉得我也要吐了 这时候小西接过手纸开始帮李安擦干净 他帮李安擦得很认真很干净 看他那个样子 我被感动到不行 我觉得好朋友就应该这样的 也在想 小西真是个大好人 后来我们下车以后 李安好多了 我想我要是带了 潘诺多就好了 澳洲人不管哪里疼都吃那个 而且也没有副作用

我们在古城里漫步 小四一直在接电话 关于电影上映的事情 走在上百年的古堡里 这算是只有电影里见过的画面 又听着现实中小四讲着电影里的事情 我觉得特别地抽离

从伯爵城堡到 圣内扎尔大教堂 一路有太多的历史遗迹 圣内扎尔大教堂是我见过最美的教堂 它的穹顶非常地高 进去的每一个人都会禁不住仰望 玻璃彩绘的颜色浓郁 阳光透过它照射进来 在教堂内的地面 祷告用的长椅上 铺了一层斑斓

之后 唱诗班开始唱圣歌 四五个人一起 可能因为教堂特殊的构造让他们的声音变得格外洪亮 除了那纯净的声音 剩下的一切都归尽于无声 我们几个都默默地坐下来听着歌声 我心想 几百年 上千年 一定有成千上万的善男信女 走进这里 坐在这里心怀感激 充满希望 或者满是疑惑的 在这里无声地祷告 许愿 忏悔 期盼着冥冥之中有人可以听到

『8』

科利乌尔在 20 世纪早期 因为许多野兽派画家 包括马蒂斯 德郎 毕加索……
迷上小镇的街景 以及港湾旁的灯塔和城堡风光 而在此聚会作画 也有诗人 小说
家流连于此 马蒂斯说 科利乌尔有世界上最蓝的天

科利乌尔和我们之前去过的法国城市不同 可能因为它临近西班牙的缘故 所
有墙面的颜色变得特别欢实 粉色的 黄色的 蓝色的 绿色的 不再是一贯的灰

我们住的酒店是一个官邸 它让我想起我在墨尔本打工过的地方 这次也是每
个人被分到不同的房间 我们的房间又不一样 我的房间有巧克力色的墙纸 墙纸上
有印度人驾驶大象载着欧洲人的图案 充满异域风情 打开阳台的门 正好对着外面
的庭院

这时候大家开始互相串门 去看别人的房间 落落的房间是粉色的 有精致的碎
花墙纸 落落非常喜欢 开玩笑说 以后没事就可以飞过来住一住

小四说放了东西大家一起下楼照点照片 我们几个人在大树下坐着的 趴着的
站着的摆着不同的姿势 为了把大家都照上取景又没问题 我尝试站在树根中间的
落叶里 结果一只脚踩上去一下子陷下去 一直陷到大腿根那里 我立刻弹了出来吓
了一跳 原来落叶底下有个大窟窿

后来我想这可能就是 爱丽丝梦游仙境 那样的窟窿吧

『9』

吃了晚饭以后 我和李安出去溜达 我们顺着公路走 过了小溪 又顺着小路走 两边有各种各样的野花 聊了好多事情 后来走到海边的悬崖上 他跑了很远 帮我照了几个在悬崖上的照片 偶尔有穿着紧身运动服的当地人 两两三三地从我们身边跑过

我对李安说 我觉得特别幸运 能和大家一起旅行 去不同的国家 往往旅行的过程中没有什么感觉 但是回家以后 回想起来就觉得特别美好 李安说是啊 莫名其妙地就走了这么多国家

这时候天色已经开始变暗 海天的交际渲染成放肆的红色 包容着我们所在的这片大地 我们的旅行就要结束了 但我深切地知道 法国南部这样的天地 以后会不断出现在我的梦中

【完】

Chapter 07

最难忘的法式美食

The Next·Sud De France

郭敬明、落落
笛安、安东尼、恒殊

最难忘的法式美食

　　我们一路都在享受各种各样的美食，不夸张地说，我觉得接待我们的随行人员真的是在变着法儿地让我们吃各种各样的人间美味，生怕和别人重复了似的，生怕比别的地区落后了似的……实在热情得让我们有些过意不去——当然，过意不去的也就仅限我和笛安两个胃像小鸟般大小，任何美食动动叉子就饱了的人。其他人真的是没在客气，到任何一个城市和地区，都大块朵颐（丧心病狂）。经常吃完一顿饭，你会听见大概四五个人同时发出"怎么办，我裤子快要崩开了""我裤子还好，但是走不动了""我看起来像怀孕吗？"之类的讨论……

　　但我和笛安抗拒不了冰淇淋的诱惑，这个我们得承认。沿路总有各种各样的冰淇淋在诱惑我们。

　　然而我要重点叙述的，是我们在马赛扬海滨牡蛎养殖场，主人热情招待我们吃牡蛎的事件（蛮惊悚的）。事情是这样的，当我们到达海边，主人热情洋溢地对我们介绍牡蛎的养殖，养殖场的由来，历史传承，带我们参观牡蛎加工工厂……一路走下来，我能听见安东尼和恒殊流口水的声音，但我和笛安天生对海鲜不敏感——其实是太敏感，我和她都过敏，所以我和笛安没有那么丧心

病狂。甚至逛到后来我听到落落几乎快要呐喊"到底让不让我们吃啊"。

等到一切介绍完毕，终于迎来了最重要的品尝大会，在海边，主人拿出了他们最好的牡蛎——一种贝壳是紫红玫瑰色的牡蛎！天哪！我长这么大第一次看见这么漂亮的牡蛎，于是连我都忍不住，想要品尝一个了。

但是，可能因为我内陆人的关系，没有习惯在海边长大，没有捞起什么都能直接往嘴里送的本事，吃完第一个，我就差不多了。（……我说的差不多，是指我的命差不多了。）鲜美是真的鲜美，但是腥也是真的腥，越新鲜越腥……我赶紧喝了一大口白葡萄酒。

而我身边的安东尼和恒殊，眨眼间已经丧心病狂地吃了五个了……

然后，重点来了，回到酒店，恒殊一直两脚发软，而安东尼呢，直接抱着马桶吐了……惊悚吗？安东尼一脸蜡黄地对我说："看来，再好的东西，也不能肆无忌惮地吃……"

最难忘的法式美食

　　十几天的南法行，回来后最容易被人羡慕的往往是"吃了很多顿法国大餐吧"，我看一眼他们手里的"绝味"鸭脖，心情一瞬间复杂异常。

　　很难自喻美食家，这方面，安东尼和恒殊都是专家，笛安和小四又只有小鸟似的胃，刀叉下全是高贵的挑剔，但对我而言，一个松软无当的牛角面包就可以成为一整天的美好回忆，而真正的法国大餐，因为过于"真正"，反倒是每次都在嘴里打一次东西战争，一半大脑强行说服另一半"这才是真美味你懂个屁"，另一半大脑带着唾液腺犹如武装警察举起高压水枪"你敢说你现在不想吃酱瓜？不想吃馋嘴牛蛙？不想吃鱼香茄子？"而结局差不多每次都在落汤鸡似的一边大哭一边承认"我想！我想！"（每当那时候，就懊悔自己没有带两包榨菜在身边，想家了就遥望着东方嘴含着榨菜。）但再"古灵精怪""闻所未闻""高端大气上档次加好腥啊那是什么啊是鱼皮还是鱼眼珠"，也还是有几道真正战胜了东方人的口味差，让人回味到泪流——全都是甜品。没错，几乎甜点方面从未让我们失望过，捧脸在刀叉上做"我们的祖国是花园"状，以至于我回家后对于满大街都在叫卖的"提拉米苏"到了三过门而不入的境界，深刻体会到什么叫"一旦拥有（吴彦祖），别无所求（王宝强）"。

最难忘的法式美食

　　对于我这样一个海鲜过敏，从小就不爱吃甜食，在 20 ~ 22 岁有过长达两年的节食经历导致现在的饭量也不大的人来说，写难忘的美食怕是糟蹋了——当然是糟蹋了美食。两年的节食导致了我不再觉得"吃"这件事能带来多大的乐趣。所以我一直坚信一件事，想减肥的人，必须想办法灭掉自己心里对食物的兴趣，才有可能成功。

　　但是，法国南部待了十几天，我也还是胖了一点——每顿饭都规矩地走：头道冷盘，主菜，甜品的程序，有时候还是四道菜，面包一定给配好几种奶酪，并且每餐饭会尝到好几种酒——于是就允许自己长胖一点了，反正是享受假期。

　　我忘不了在佩皮尼昂旁边，一个叫 Rivesaltes 的小地方的午餐。我们的饭店院子里爬满了葡萄藤，我们就在那葡萄架下面吃烧烤。并不是围着炉子的自助烧烤，服务生频繁地将烤好的东西摆满了我们面前的圆桌。然后饭店老板和善地走出来跟大家打招呼，是一个肚子圆圆的，长得像圣诞老人的老爷爷。用来开店的这个宅子，几百年前就属于他家，最精彩的是，还养着十几只孔雀。所以我们是听着孔雀奇怪的鸣叫声吃完这餐的。

最难忘的法式美食

La Réserve Rimbaud, Restaurant à Montpellier.

法国一路下来吃过很多餐厅 这个餐厅给我的印象最深 一进去我们就被请到露台上 露台沿河而建 偶尔有天鹅和野鸭飘过 仔细看还能看到很大的鱼 露台上有橘子树 我偷偷地摘了个橘子下来吃 被小四看到 他说你这样不会被打么

我喜欢这家饭店主要因为它舒服 有去品味很好的朋友家做客的错觉 有一些法国饭店会给我很刻意的感觉 不论是从摆盘到烹饪的手法 还是口味 这家就不会 吃起来就能感觉出来大厨是个 性格很好又一丝不苟的人

饭后 南法旅游局的负责人 一个四十岁左右的法国人把我和小四叫去阳台 他神神秘秘地开了一瓶酒 后来我才知道是法国干邑 他给我和小四一人倒了一杯 说这个酒非常贵 你一次喝一点点 他用他特有的法国腔调说着英文 说好好感受和回味感觉像梦一样 我问 这真的是酒不是在嗑药么 他笑 我和小四喝了一点 期间我们聊了其他有的没的 后来小四剩下的半杯我也喝了

后来回去饭店椅子上坐下 在座的人一下子就看出来我醉了 有的说我眼神儿都不对了 有的说我特像吸血鬼

后来我觉得 我就是飘回饭店的 这也可能是为什么我最喜欢这家饭店的另外一个原因吧

像梦一样

最难忘的法式美食

1890 年份的天然甜葡萄酒。没有之一。和它一比，那些米其林餐厅的鹅肝，马赛扬的生蚝，赛文的甜洋葱，卡马尔格的公牛肉，佩泽纳斯的小馅饼，尼姆的腌渍橄榄，卡尔卡松的什锦香锅，科利乌尔的鳀鱼……都弱爆了！

公元 13 世纪的酒窖，17 世纪的宅子，鲁西荣地区的 Georges PUIG 酒庄二十几代人专心酿酒，他们用抑制发酵酿造法酿造出的天然甜葡萄酒，口感醇厚，甜香扑鼻，浓厚的木香和果香相辅相成，只闻一口就要醉了。庄主热情好客，邀请我们一行人到他的家里，木质长桌上腌烤红椒和蓝霉奶酪衬托之下，十几只暗色小酒瓶摆了一整排，上面清楚标记着酿造的年份。

我们从 2007 年的喝起，然后是 1983 年，1949 年……就这样一直回溯到 1890 年。醇厚殷红的酒液穿过口腔，浸透牙齿，融化在舌尖再一路滑下嗓子，一百二十三年的历史回肠荡气，体内的每一个细胞都在那一瞬间唤醒，如同一场璀璨夺目的焰火在灵魂深处绽放。

1890 年，阿加莎·克里斯蒂出生。文森特·梵高自尽。清光绪十六年，芭蕾舞《睡美人》在圣彼得堡首演。王尔德唯一一部小说《道连·格雷的画像》出版。日本施行宪法。史上第一架飞机"风神号"升空。在那个遥远而神奇的年代，已经死去的前辈们为后人酿造了一桶酒。出厂价 1500 欧元一瓶。据说去年卖出了 600 瓶。法国南部国际经济发展局局长弗朗斯瓦先生则私下表示，他刚刚以每瓶 1000 欧元的价格收购了三箱 19 世纪 20 年代初期酿造的红酒，"一瓶都不卖。"他对我说，"我要留下来自己喝。"

Chapter 08

朗格多克菜单

The Next Sud De France

文

恒殊

Why then the world's mine oyster,

Which I with sword will open.

—— William Shakespeare, The Merry Wives Of Windsor Act 2, scene 2

前菜
世界是我的牡蛎
作为沙拉的茄子和洋葱

佐餐酱汁
风味蛋黄酱的调制
黑橄榄酱
惊奇乃大地之盐

主菜
奥德之光:招牌炖蛳卡酥莱
加泰兰风味BBQ
鱼!鱼!鱼!

甜点
最纯正的英式百果派
遍地都是无花果

前菜
『世界是我的牡蛎』

　　"世界是我的牡蛎"，引自莎士比亚，现在是英国人的口头语。寓意抓住机遇、享受生活并勇往直前。乃至伦敦的交通卡都叫作"牡蛎卡"，可见英国人对牡蛎有多热衷。

　　莎士比亚生活在 16 世纪，但是人类食用牡蛎的历史可比这个要早得多。对牡蛎情有独钟的美食家费雪（M.F.K.Fisher）指出，人类在不比猿猴进化多少的时候就喜食牡蛎。文明时代，大仲马在他的《美食词典》中告诉我们，古罗马人把牡蛎视为圣物，桌子上如果没有冰镇生蚝或者加酱汁的熟牡蛎就不能算是一次宴席。在东方，中国汉代已有人工养殖牡蛎的记载。东南亚的居民们简直爱死了牡蛎，他们用葱姜焗牡蛎，用蒜蓉烤牡蛎，把牡蛎扔下火锅、生煎、油炸、煲粥，还用牡蛎制作了著名的蚝油酱汁，堂而皇之地摆上西方各大超市的货架。

　　但是牡蛎最棒的吃法是什么？热爱牡蛎的老饕们一定会给你同一个答案：生吃。不加任何看似讲究的诸如红酒醋、胡椒粉、香葱末或是 Tabasco 辣椒酱，

连挤上一两滴柠檬汁都属多余。撬开坚硬的牡蛎壳，连同里面的海水，原汤化原食，一口生吞。法国诗人 Léon-Paul Fargue 有云："吃牡蛎就如同亲吻大海。"

美国大厨和畅销作家安东尼·伯尔顿（Anthony Bourdain）如此形容他孩提时代第一次生吃牡蛎的体验：

"它尝起来像海水，咸而清新，不知何故让我感受到了未来。"他认为这是一次冒险，就好像吃下禁果，从此奠定了自己随后人生的所有基调——成为一名厨师，寻求刺激，为贪图享乐做出所有"劣迹"。"妖精被放出了瓶子。"伯尔顿写道，"我的人生从此在那一刻改变，再不回头。"此君从事厨师职业二十八载，所著《厨室机密》风靡全球。我至今震慑于他在《厨师之旅》中所记述的，在撒哈拉大沙漠中与部落土人一同烧烤羊睾丸的英勇事迹……

但我第一次吃牡蛎的时候并没有这么多感触。也许是当时我已成人，觉得牡蛎无非是一种食物而已，尝尝就算了。那是大概十年前，我和朋友旅行至英国巴斯，进入了一家看上去蛮高档的海鲜饭店。因为当时是中午，也并非旅游旺季，饭店打了半价，我们三个人点了一打牡蛎做为前菜。当时我们还以为它和大部分国内餐厅所供应的一样，是被烤熟的，并加了豉汁蒜蓉调味。

牡蛎是在一个铺满碎冰的精致三层点心盘里被端上桌的。十二只活生生的生牡蛎。那冰冷绵软的灰白色身体自由舒展在刚被撬开的贝壳里，就好像是一盘尸体。一位同行者当即就换了桌。我和另一个人瞪视着那盘活牡蛎，一轮激烈的思想斗争之后，在周遭身穿白衣的侍从帅哥异样的眼光之下，努力装作若无其事的样子吃了起来。

其实我并不太记得当时那盘牡蛎的味道。大概是怕被帅哥鄙视，于是一通狂吞。结果就是，有很长的一段时期，我再也不敢在任何餐厅点牡蛎。无论是生的还是熟的。直到这一次来到法国南部。

法国人爱牡蛎是出了名的。他们说，在法国不论你喜不喜欢，你都避不开牡蛎。逢年过节，超市里全都是用木头盒子装好的新鲜牡蛎作为馈赠亲友的佳品，就算是平日，想吃牡蛎也很容易。古法规定，不带字母"R"的月份不能吃牡蛎，即五到八月。这段时期正是牡蛎的繁殖季，这种雌雄同体的软体动物，一个夏季可以产下多达数亿的卵，在产卵之前就被捕获，岂非可惜。不过现在供食用的牡蛎大多高效人工养殖，所以你想在任何一个月份吃牡蛎，都可以！

布兹格（Bouzigues）是地中海牡蛎养殖业的摇篮，也是法国境内最好的生蚝产地之一。半封闭的涛湖（Étang de Thau）海水咸淡适中，营养丰富，非常适宜贝类生长。由当地的牡蛎老板塔尔布里什家族（Tarbouriech）做东，我们一行人在他家后院直接开了一箱直供米其林三星餐厅的顶级牡蛎。这里的牡蛎和粗糙表皮的贝隆生蚝不同，外壳平滑洁白，带着漂亮的粉红色泽，十分稀有。

把这样一只金贵的牡蛎吸溜入口，先是海水的咸味（是的，我没有忘记把那一小口海水喝掉），咬下去的时候，那块原本用来连接贝壳的紧实肌肉竟然是甘甜的，就好像清新的海风吹过心脏，带着浓浓的榛果余香。心底漏下一拍，仰脸看到地中海的阳光透过头顶的葡萄架，对方正巧递过一杯干白，金黄色的酒液在透明的高脚杯中熠熠生辉。

接过下一只牡蛎的时候，我想我已经完全忘记了巴斯的不快，一心专注欣赏起牡蛎的美味来。

『作为沙拉的茄子和洋蓟』

首先要说明的是，法国，作为一个极端的肉食主义国家，把蔬菜煮来吃是很罕见的。但是地中海地区盛产蔬菜。灯笼椒、茄子、西葫芦、番茄、洋葱……烩在一起正好是一锅 Ratatouille。

Ratatouille 发音"Rat-a-Too-ee"——我为何会念如此拗口的法语单词，是因为《料理鼠王》在英国热映的时候，全伦敦的双层巴士车身广告上都这么教过。没错，它就是《料理鼠王》的影片原名，也就是让那位美食评论家回忆童年泪流满面的那道菜。Ratatouille 源自法国南部的海滨城市尼斯，是法国人的家常蔬菜杂烩，酸甜的口感很贴近中餐，配米饭尤其香。我们在佩泽纳斯吃到的一顿简餐，配的是卡马尔格（Camargue）地区特产的红色大米，很有韧劲且营养丰富，我曾在英国顶级超市 Waitrose 见过有售。

回到地中海蔬菜。如果让我挑选心头最爱，那一定是茄子和洋蓟。

茄子谁都吃过，喜欢的人无论怎么做都喜欢，不喜欢的人无论怎么做都不喜欢。我从小就是个茄子控。除了和番茄怎么炒怎么好吃之外，日式的凉拌茄

子我也超级爱（个中之最首推伦敦中国城的日本餐馆 Tokyo Diner），还有西西里卡塔尼亚的招牌菜茄子意面 Pasta alla Norma，中东地区加入茄子的鹰嘴豆泥 hummus，就算只是洒上橄榄油简单烤一烤，就上酸奶油和新鲜石榴子——你觉得这种吃法古怪吗？人家这可是来自风靡伦敦、饭点永远排不上位的连锁沙拉店 Ottolenghi 独家配方，告诉你，真心好吃。

相比之下，洋蓟（Artichoke）这种蔬菜可能需要多加笔墨介绍一下。它是地中海地区特有的植物，其他地方很少见到，不过由于它高效的营养和药用价值，近年来也开始在世界各地广为培育。洋蓟的外形像是一只大松果，被坚硬的绿色花瓣层层叠叠地保护起来，可以食用的仅是它的花芯。西方有不少关于洋蓟的箴言或玩笑，比如"女人就好像洋蓟，必须通过努力才可以捕获芳心。"（电影《粉红豹》。）

洋蓟原产于意大利，文艺复兴时期在欧洲风行（特别是法国），这就牵扯上了美第奇家族的凯瑟琳，法国王后。无愧于她的家族，凯瑟琳是欧洲史上最厉害的女人之一，十四岁从意大利嫁到法国，七十岁去世，操纵了法国五十多年，经历了五个王朝，意大利战争的后半程和全部宗教战争，生了一打孩子，三个儿子当了国王，两个女儿当了王后。她对法国的政治、经济、文化产生了巨大的影响。比方说，束胸和鲸须裙撑的流行，在她死后继续影响了西方女性350年。还有说法是她把一大批意大利厨子带去法国，从而改善了法国当时相对落后的食材与烹饪方式，最终建立了一套完整的法国美食系统。而我们的洋蓟，自然也是因为她才名声大作，据说凯瑟琳王后坚信它具备催情效果。

洋蓟很难伺候。什么泡盐水柠檬水啦、砍掉根和花瓣尖端啦，像嗑瓜子一样一点一点吮吸花瓣啦，待到好不容易吃到花蕊，里面还有刺。自己煮洋蓟吃，非耐心极大的人不可。所以我只买过一次生的就放弃了。关键是英国超市里卖的洋蓟又小又矬，外层花瓣往往因为失水而皱巴巴的，很有一种把大蒜当水仙的感觉。还要一英镑一个！

地中海地区的洋蓟当然不是这样的。它们绿油油的又大又水灵，而且还是五个捆在一起卖的白菜价。洋蓟本身带着一股淡淡的甘甜和鲜香，它可以放在比萨饼里，也可以做沙拉，甚至可以炒菜炖肉。因为平时很少能吃到，所以我但凡下馆子，只要在菜单里看到洋蓟，不论那道菜是什么，我都一定会点。

总而言之这一趟南法之旅，连续了超过一星期的大鱼大肉，当我在佩皮尼昂的烧烤架旁第一次看到素菜沙拉——一盘是茄子，一盘是洋蓟——之后，我几乎把自己舌头嚼了。那天坐在我附近的客人可能并没有注意到这两道份量不大的前菜，因为等他们从加泰兰风味烤蜗牛身上转回视线，那两个盘子已经空了。

佐餐酱汁
『 风味蛋黄酱的调制 』

蛋黄酱，又称美乃滋，在我们的生活中几乎和番茄酱一样普及。我有一对朋友，男方号称是"吃什么都要配上番茄酱"，女方则是"吃什么都要配上蛋黄酱"（或者反过来），两人倒是一对绝配，只是显然在美食上都没什么追求。

那么什么是有追求的人生呢？以蛋黄酱为基准，加入几味配料搅一搅，拌一拌，立刻就完全不同。让我们暂且把它叫作风味蛋黄酱（Blender Mayonnaise）。至于番茄酱，则实在太 low，除了毫无营养的美式垃圾食品之外，在餐桌上决无容身之所。就连一直为人诟病的英式快餐炸鱼和薯条，人家配的也是海盐和大麦醋。

我第一次吃到风味蛋黄酱是在一位厨师朋友的家里。厨师原籍波兰，却是伦敦某家顶级意大利餐厅的主厨。他的手艺自然是没话说，但当晚那一大桌子菜，我印象最深的还是那一杯用来配煎鳕鱼的白色酱料。

我问他那酱是什么。他告诉我说是蛋黄酱。我不信。因为蛋黄酱，无论是哪里产的蛋黄酱，蛋黄酱就是蛋黄酱。像过期奶油一样又黏又腻，甜不甜，咸不咸，软塌塌的毫无个性，我非常讨厌蛋黄酱。但那杯酱确实就是蛋黄酱，只不过被厨师妙手加了无数的配料。其中最重要的一种，是 capers。中文翻译是酸豆、续随子或者水瓜柳。

这种神奇的配料我以前从未接触过。它是地中海一种植物的花蕾，通常腌制之后食用。意面、比萨饼和沙拉中都可以见到它的身影，尤其是用来搭配各种海鲜。烟熏三文鱼的独特香味就是来源于它。超市中卖的罐装酸豆有大有小，小的味道往往会更加浓郁一些。

制作蛋黄酱的方法现摘录如下（来自法国南部配方）：2 茶匙柠檬汁、2 个蛋黄、1 茶匙第戎芥末酱、125 毫升橄榄油、125 毫升葵花油、1 匙或半匙温水、海盐。
方法：把柠檬汁和芥末酱放在食物处理器中搅拌，加入蛋黄和盐。小心一点一点滴入油，最后视黏稠度加水。

这是蛋黄酱的基础。如果觉得味道太重，可以加入适量鲜奶油中和一下。然后是其他配料，比如切碎的香草。香草是欧洲菜系的精髓。欧芹、韭葱、细叶芹，最后撒一把切碎的酸豆。风味蛋黄酱和鱼肉是绝配。如果再进一步，在配料中继而加入捣碎的蒜泥，就是鼎鼎大名的普罗旺斯蛋黄酱（aïoli）啦。

『 黑橄榄酱 』

法国历史学家布罗代尔（Fernand Braudel）说："地中海始于橄榄树开出的第一枝花。"橄榄是一种极其古老的植物，考古研究者曾在圣托里尼岛发现了约六万年前的橄榄叶化石。橄榄一直以来都是地中海地区最重要的农作物，主要用于榨油。自《荷马史诗》以下，橄榄不断出现在西方文学作品之中，希腊人用坚固的橄榄木制造家具和神像，古罗马广场正中心曾种植着一棵橄榄树和一棵无花果树。

　　我小时候吃过一种类似果脯的甜橄榄，表皮又黄又皱，里面的果核尖尖的像个梭子，不小心就会扎到嘴。而西方的橄榄一般是吃咸的。由于大部分新鲜橄榄带有天然的苦味，在食用之前要根据橄榄的种类经过发酵、水洗等各种不同的加工方式。就好像韩国人离不开泡菜，地中海地区的"泡橄榄"也流行了几百个年头。

　　腌渍橄榄的方法很多，特录一下英国厨神吉米·奥利弗（Jamie Oliver）的简单配方：1匙半香菜籽、1个柠檬、200克大青橄榄、200克卡拉迈橄榄、初榨橄榄油、海盐和黑胡椒。
　　方法：刮下柠檬皮，和橄榄一起放在碗里，挤上柠檬汁和三倍的橄榄油，撒上海盐、黑胡椒和磨碎的香菜籽，放得越久味道越好。

　　当然，你也可以运用红酒醋白酒醋甚至是葡萄醋来取代柠檬汁。据说尼姆腌渍橄榄的原始配方是火山灰，再加上香料和盐卤，闻名遐迩。在法国南部的加尔省，每年九月，人们采摘大个橄榄制作腌渍，到了年底，就把剩余的橄榄压榨成橄榄油。

　　腌渍橄榄一般都会挖去橄榄核，中空的部分可以塞入红椒、大蒜、香草或者奶酪。因为味酸，橄榄一般作为开胃菜或者零食吃，或者，直接整个剁碎了

做橄榄酱。我在法国南部尝到的黑橄榄酱就非常美妙，让我蘸着餐前面包吃了个精光。

　　橄榄酱的历史几乎和橄榄一样久远，早在几千年前的古罗马时期就已经有详细记载的调制方法，然后被意大利人广为传承，源远流长。法国南部的橄榄酱被称作"tapenade"，来自当地方言"tapenas"，意思就是我们刚刚提到的酸豆。它简直无处不在。

　　在此附上黑橄榄酱的制作方法（来自曾在 BBC 做过美食节目的法国厨师 Mireille Johnston）：200克去核黑橄榄、6 小片鳀鱼、2 匙酸豆、2 瓣大蒜、2 茶匙新鲜百里香、1 匙第戎芥末酱、1 个柠檬的汁、120 毫升橄榄油、胡椒。
　　方法：把所有配料在食物处理器中打碎成酱。供 6 ~ 8 人分享。这个配方略酸，味辣，如果想吃清淡一些，酌量加入柠檬汁和芥末酱，或者减少鳀鱼的数量。

　　橄榄酱在法国南部十分受欢迎，除了餐前抹面包之外，也可以用于烹烤禽类时的填馅。市场上有用黑橄榄制作的黑橄榄酱（black tapenade），用青橄榄制作的青橄榄酱（green tapenade），还有用晒干的番茄代替橄榄，用同种方法制作的红酱（red tapenade）。

『 惊奇乃大地之盐 』

有一个流传已久的关于盐的故事。

一个国王问自己的三个女儿有多爱他。大女儿说，我爱你有如黄金。国王很高兴。二女儿说，我爱你有如白银。国王也很高兴。小女儿说，我像爱盐一样爱你。国王勃然大怒，一气之下把小女儿赶出了王宫。他认为盐是最廉价、最普通不过的东西。然而很多年之后，王国里闹起了盐荒。国王这才意识到盐的无可替代，他追悔莫及。童话终归是童话，故事的结局是长大成人的小女儿最终带着盐归来，解救了整个王国。

上面这个故事的一部分，曾被莎士比亚写进了《李尔王》。另外还有一个关于盐的传说。

很久很久以前匈牙利的公主嫁给了波兰王子，当时匈牙利很穷波兰很富，人人都说她嫁过去是为了波兰的财富，但是她当众宣布，她会把波兰的盐带回祖国匈牙利。之后公主把订婚戒指扔下了山谷。在 13 世纪，当波兰南部的维利奇卡盐矿（Kopalnia soli Wieliczka）最早开采，矿工挖出的第一块盐结晶里面就包含着这枚神奇的戒指。它从匈牙利的河流一直顺流而下到了波兰。当然这只是传说，但也表明了盐的重要地位。

生命起源于海洋。人类的体液是咸的。对盐的追求是我们与生俱来的本能。盐是唯一可以吃的石头。是人类用来交易、垄断和征税的第一件商品。英语薪水 "salary" 这个词来自古罗马人将盐当作报酬发给士兵的时代。一小撮盐就是你所需要的全部。它可以迅速使食物的味道变好，更是人类自古以来保存食物最重要的手段。天知道汉萨同盟的贸易货物里有多少腌鳕鱼干。

盐取之不尽。每个国家的地下都有深藏不露的盐矿，沿海地区还可以开设盐园，沿袭古罗马人的方式，利用太阳和风力蒸发水分来制盐。在市场上，海盐比矿物盐贵很多，虽没有任何研究明确表示前者就更加健康（两者本质上都是氯化钠），但全世界的厨师都极力推崇海盐，认为它的味道比矿物盐更好。海盐大多比较粗糙，溶解度的不同可能会导致口感的不同。它的颜色来自所提取海水中的泥沙与水藻，比如有一些来自韩国和法国的海盐是粉灰色的，而来自印度的海盐则是黑色的。夏威夷红黑相间的海盐夹杂着红色黏土和黑色熔岩的细微颗粒，还有的则含有各类硫酸盐。所有这些区别都会影响海盐的味道。

　　卡马尔格地区出产的海盐是法国南部著名的特产。这里的盐农延续着他们的祖先从公元5世纪时就开始的贸易。在每年特定的时节，当海水达到特定的咸度，生存在卡马尔格盐池中的一种特殊的绿色水藻会转变成粉红色。这里还盛产一种红色的小虾，当火烈鸟吞食下这些小虾之后，羽毛也会逐渐变成粉红色。如果你幸运的话，可以在卡马尔格湿地看到粉红色海水中独脚站立着粉红色火烈鸟的美景。

　　这里出产的海盐自然而然也带上了这种梦幻般的粉红色，其中最特别的产品就是粉红盐之花（fleur de sel）。盐之花是浮在盐池海面上的一层薄薄结晶，必须手工采集。和一般的海盐相比，盐之花轻而湿，结晶更精致，味道也更加丰富和浓郁。在过去征收盐税的年代，盐农们都把这最好的一部分留给自己。

　　总而言之，我从这里买了一罐盐回家。当然我也买了其他的许多纪念品。但我到家之后，并没有立即打开那些昂贵的鹅肝酱和任何一瓶果酱，而是白水加橄榄油煮了一锅胡萝卜和西蓝花，然后堂而皇之地撕开了那罐"卡马尔格盐之花"的标签，挑出一小撮湿漉漉的海盐，撒在那些看似索然无味的蔬菜上，很作地吃了起来。

　　显而易见，我吃的是盐，白煮蔬菜只是配料。

主菜
『奥德之光:招牌炖锅卡酥菜』

　　朗格多克－鲁西荣大区有五个省。埃罗省（Hérault）拥有最好的海产，洛泽尔省（Lozère）是当仁不让的奶酪之乡，加尔省（Gard）得天独厚，不但盛产橄榄和黑松露，卡马尔格湿地的大米、海盐和公牛肉都是特色。至于和西班牙接壤的东比利牛斯省（Pyrénées-Orientales），深受历史悠久的加泰兰文化影响，更是美食遍野。相比之下，奥德省（Aude）似乎是其中最平庸的那个。然而南法最著名的卡酥菜炖锅却是起源于此。

　　我曾经问过两个法国朋友，最具法国特色的菜是什么。两人异口同声地告诉我，炖锅。源远流长的法国菜因为慢炖而名扬天下，而没有烤箱就无所适从的英国人就这样惨烈地输在了起跑线上。卡酥菜（cassoulet）的命名来自烹饪的工具"cassole"，即深膛的圆口陶土砂锅（我试过，用国内的砂锅来炖完全没问题）。以白色豆类为底，加入香肠、猪皮和鸭、鹅等禽类，慢炖出来。有人也把它翻译为"法式什锦香锅"。

　　其实不只是法国，现今的南欧和东欧很多地区都有类似的以豆类为底的炖菜，这一切要归功于哥伦布。15世纪末，是他把新大陆的豆子带回了欧洲。尽管历史上勇于接受新鲜事物的凯瑟琳王后曾经在一次晚宴上烤了六十六只火鸡，但这些外来食材逐渐渗入欧洲菜系，也经历了一个相当漫长的过程。

　　奥德小镇卡斯泰尔诺达里（Castelnaudary）号称是卡酥菜炖锅的诞生地。同样以炖锅出名的还有附近的图卢兹（Toulouse）和卡尔卡松（Carcassonne）。法国大厨 Prosper Montagné 有一句名言："炖锅是奥德烹饪的上帝。卡斯泰尔诺达里炖锅是圣父，卡尔卡松炖锅是圣子，图卢兹炖锅是圣灵。"三位一体，缺一不可。三者都以白色菜豆（haricots）为底，加入香肠和油封鸭或者鹅，以及其他肉类。图卢兹炖锅中是猪肉和烤羊肩；卡尔卡松炖锅中肉类加倍，有时会用山鹑来代替鸭子；而卡斯泰尔诺达里炖锅则用油封鸭取代了羊肉。

　　我们正是在卡尔卡松古城中连续两晚享用了卡酥菜炖锅。和米其林餐厅的两道精致前菜相比，这道主菜是极其彪悍地一整锅端上来的，然后由侍者为大家分盘。比脸还大的盘子里铺着一层酱汁浓郁的豆子，一整根香肠，一块猪皮，还有一只鸭腿。坦白来说，太多了。尤其是第二天，在吃下两整块鹅肝的前菜之后，

这一大盘东西满满地摆在那里，还真有点儿令人头疼。不过卡酥莱是慢炖出来的，豆子和肉的味道完美地融合在一起，起锅香气扑鼻，营养丰富，爱吃肉的人肯定会倍感满足。当然，要想好好享受这一大盆炖锅，你得事先留好了肚子。

　　卡酥莱听起来简单，你也许会说，不就是一锅"乱炖"吗？但是真正做起来可麻烦得很。三种主料，豆子、猪肉以及鸭腿都需要分别烹饪，其中最复杂的是鸭腿。因为卡酥莱中的鸭腿是油封鸭（Confit de Canard），我常在伦敦的比利时餐厅 Belgo 点这道菜，配上香葱土豆泥和红酒炖梨，再来一瓶桃子味道的淡啤酒，就是完美的一餐。油封鸭口感类似香酥鸭，是一道大受欢迎的法国菜，也是一道功夫菜。简单来说，就是把鸭腿用鸭油（可以在超市买到罐装的）完全浸泡，文火慢煮6~8小时而成。煮好之后可以储存很久，吃的时候只要两面微煎一下即可。

　　若是听了这个你还不嫌麻烦，那么我下面就抄录一份卡酥莱的菜谱，供4~6人食用：1根250克~350克的熟香肠（首选南法图卢兹香肠，波兰香肠也可以）、600克白色菜豆、150克带皮烟熏培根、1束香草（百里香、月桂叶、薄荷和欧芹）、1根胡萝卜、1个洋葱、1枚丁香、4瓣大蒜、6个油封鸭翅或者鸭腿、50克面包屑
　　炖肉则需要：400克猪肩肉或排骨、4大匙鹅油或鸭油、1个洋葱、1个胡萝卜、1茶匙浓缩番茄酱、

164

盐和胡椒。

　　方法：将前夜泡好的豆子加冷水煮熟。加入培根、香草、蒜泥、胡萝卜，以及嵌入丁香的洋葱。文火炖到汤汁基本被吸收，豆子开始变软。捞出豆子，弃掉其余物。

　　下面开始炖肉。锅里放鸭油，放入猪肉和所有配料，文火炖一个小时。加入熟香肠和煮好的豆子。继续加盖炖一个半小时，不时搅动。

　　现在把准备好的油封鸭两面煎一下，扔进锅里，撒面包屑，再炖半小时收工。

　　很复杂是吧？其实倒是也可以用超市里罐装的熟豆子，和猪肉还有鸭子一锅炖啦。我就曾经偷懒这么做过，但最后煮出的东西确实味道要差很多。据说为了保持各种食材的口感，连一道简单的家常菜 Ratatouille，法国厨师都建议把各种材料分别煮熟再烩到一起。唉，法国人在烹饪上可实在是太讲究了。

『 加泰兰风味BBQ 』

　　亚当把香气带出了天堂，模糊了世上的一切国度与信仰。摩尔人在公元 8 世纪入侵西班牙（包括现今南法的一部分），把阿拉伯的香料带入了西朗格多克的厨房。几个世纪以来，融合了古罗马、摩尔和西班牙的烹饪风格，加泰兰地区逐渐形成了自己独特的饮食文化。坚果经常被用在酱汁里；肉桂和巧克力不但给甜点调味，也用于烹饪咸味菜肴；海鲜饭中会把鸡肉和虾同煮——因为西班牙人喜欢把海产和山珍混搭，比如贝类和野禽，兔肉和蜗牛，猪肉和章鱼。以及在炖锅中煮米饭，和毫不吝啬地大量使用红椒粉和番红花。

然而最能体现加泰兰特色的绝对是它的风味烧烤。首先就是蜗牛。法国人嗜食蜗牛人尽皆知，英国人嘲笑法国人最常用的称呼就是"吃蜗牛的人"或者"吃青蛙的人"。但其实英国人自己也吃蜗牛，早在两千年前，当罗马人征服不列颠的时候就把蜗牛作为食材引进。那时候穷人吃不上肉，营养丰富的蜗牛就是重要的蛋白质来源。在朗格多克，人们不仅仅吃肥厚多汁的罗马大蜗牛，也吃田螺一样的小蜗牛，黑的、白的、带斑纹的，根据个头大小以及品种，配合不同的酱汁，烹饪的方式也会有所改变。

我曾经很爱吃蜗牛。我学到的第一个法语单词就是"escargot（蜗牛）"。当我多年前第一次旅行至法国，点了一道海螺之类的菜，被服务生连比带画地解释为"escargot from the sea"，这才明白。后来国内必胜客的焗蜗牛火了，也去吃过几次。直到有一次，发现有一只裹满奶油的蜗牛还是原先的形状，两颗触角直伸出来，登时坏了胃口。后来我就再没吃过蜗牛。这次在佩皮尼昂看到当地的招牌菜烤蜗牛，个头很小，类似田螺。就好像我们吃麻辣小龙虾，周遭当地人用精致的蜗牛签子一挑一只，吃得过瘾。只是由于我自己的心理阴影，我只尝了一只就把注意力放在烤香肠上了。

既然是 BBQ，怎能没有烤香肠。往年在自家后院烧烤的时候，我总是去肉店买羊肩或排骨，然后一小块一小块切下来，肥瘦相间地穿上签子，洒上盐、孜然和辣椒粉，碳烤。这样的工作很艰巨，一次聚会大概要串一两百串。后来也就懒了，干脆和当地的英国人一样，买上几块牛肉饼（或者拿生牛肉馅加伍德斯特郡酱汁和洋葱自己捏），一打生香肠，然后生火开烤。不过我从未热衷过这样的 BBQ，因为英国的香肠并不好吃。

真正让我爱上烤香肠是在波兰。波兰香肠"kielbasa"本就闻名遐迩，公公在宽敞的院子里亲自生火烤肠，浓烟滚滚，香肠的肥油刺啦刺啦地滴在热碳上，这是只有在过节时才会发生的情景。通常在这个时候，一家上下连带亲戚邻居，大大小小十几口人，围在葡萄藤下的长桌上东聊西扯，喝着公公自酿的葡萄酒和伏特加，吃着婆婆做的各种沙拉和点心，哄着孩子，逗着狗，与此同时，眼都不眨地盯着院子中间的那盆吱吱冒油的烤香肠。

我们在佩皮尼昂的那一天几乎也是同样情况。宾客十几个人在阳光明媚的室外围坐一张大圆桌，好酒好菜招呼着，还有面前满满的一桌子烤香肠。香肠在加泰罗尼亚语中被称作"butifarra"，是加泰兰菜系中最重要的一个组成部分，当地人基于罗马古法，用生猪肉和各种香料灌肠。

Llonganissa 用生肉风干制成，适于烧烤而食；而 botifarra catalana 是加入松露的熟火腿；botifarra de arroz 指的是含有熟米和香料制成的猪肉肠；botifarra d'ou 则含有鸡蛋；被昵称为"鞭子"的 fuet 香肠是长细风干的蒜味咸腊肠；而 girella 则是一种富含香料的羊肉灌肠。说了这么多，其实其中最出名，也是最"重口味"的香肠，当是"黑主教（bisbot negre）"莫属。听名字已经如此霸气，香肠本身更加霸气，它是一种外形粗大的猪血肠，用猪肉和下水，诸如心肝肚，还有舌头什么的，加入猪血熬制而成，在当地极受欢迎。我亲眼看到，就连小姑娘都很爱吃！这种香肠也算是英式早餐中必不可少的"黑布丁"的一种——欧洲人是有多爱吃动物内脏！另外一种香肠被称为"白主教（bisbe blanc）"，配料与上一种相当，只是没有加入过猪血染色。

烤香肠就已经吃饱了，然后BBQ的"主菜"才上。用当地著名的麝香葡萄藤烤出的牛排和小羊排，争先恐后地吱吱尖叫着，拼命划开了你的嗅觉，蹿进你的大脑，在沟回深处用长长的探针戳了一下。瞬间全身每一个因为满足而蜷缩起来的细胞再次舒展开了身体，欢腾雀跃，拥抱上天赐予人类的最原始与强烈的，食之欲望。

『鱼！鱼！鱼！』

朗格多克紧邻地中海，拥有无数海港城市，海鲜当然是当地菜系中必不可少的组成部分。乌贼啦，虾子啦，还有牡蛎和其他各种贝类。牡蛎已经在前菜部分提过，这一章只说鱼。

朗格多克最著名的鱼大概是科利乌尔的鳀鱼。或者叫它凤尾鱼。早在中世纪，这座色彩斑斓的加泰罗尼亚小城就因为鳀鱼、金枪鱼和沙丁鱼的腌制而远近知

名。科利乌尔人腌了那么多鱼，以至于法国国王还曾在当地征收额外的盐税。

　　据说全世界最好的鳀鱼就产自科利乌尔。在每年的 5~10 月，渔夫手工撒网捕鱼，然后立即将整条鱼进行腌制。这些鳀鱼在腌出来的鱼汁和鲜血中酝酿成熟，几天之后撇掉旧盐，弃去头和内脏，再继续盐腌三个月，直至激发出一种难以言喻的美妙口感。有人说鳀鱼的味道可以唤醒味觉。

　　由于鳀鱼在处理过程中所产生的强烈风味，在东南亚，它被广泛用于制造海鲜高汤和鱼酱。而在大部分英语国家，鳀鱼一般则作为烹饪的配料装在各大超市的罐头货架上出售。有时候鳀鱼也会出现在比萨饼的 topping 上，或者凯撒沙拉的盘子里。鳀鱼也是很多加泰兰风味菜肴的基础配料（比如之前提到的黑橄榄酱）。典型的科利乌尔沙拉，是用两种当地产的鳀鱼，用醋腌制的银白色 boquerones 和用盐腌制的粉红色 anchovies，和芝麻菜拌在一起。

　　说完小鱼，再来看看大鱼。我是说鳕鱼。在今天，占据全球年产值四分之一的鳕鱼是英国人吃掉的。这个数字绝大部分的贡献者是住在英国的英国人，另外一小部分是移民到北美和澳大利亚的英国人。因为英国鼎鼎大名的"国民

　　快餐"炸鱼和薯条用到的鱼就是鳕鱼（cod），或者是黑线鳕（haddock）。黑线鳕也是鳕鱼的一种，因身带黑线而得名。它的肉质比鳕鱼紧实，不太容易散，鱼皮颜色较深。我刚到英国的时候，完全搞不清楚这些鱼的名字，连点个炸鱼和薯条都张不开嘴。不过后来慢慢也就发现，其实英国人吃来吃去也就那么几种鱼，单调得很。

　　鳕鱼干曾被当作货币使用。在"盐之路"时代，纽芬兰人为了能够长期保存鳕鱼，来到卡马尔格地区的海港艾格莫特（Aigues Mortes），用大西洋的鳕鱼置换当地的海盐。朗格多克本地有多道和鳕鱼相关的菜肴，其中名气最大的，当属起源于尼姆的奶油烙鳕鱼（Brandade de morue de Nîmes）。

　　我们之前已经介绍过普罗旺斯蛋黄酱"aïoli"的制作方法。大蒜和橄榄油的融合，这是地中海地区普遍使用的烹饪方式。17世纪中期，从这种酱汁派生出来的"brandade"，来自当地方言"brandado"，意思是"搅拌在一起的东西"。这个"构思"出自普罗旺斯，之后却是在它的邻邦，朗格多克大区被发扬光大。究其原因，因为普罗旺斯有更加宽广的海岸线，海产更加丰富，而海岸线相对较短的朗格多克就只有鳕鱼。于是当地人就在这道菜身上下足了功夫。

尼姆人最先发明了奶油烙鳕鱼。他们在捣碎的腌鳕鱼肉里加入了牛奶、橄榄油和香料，做出了一道洁白细腻的冬季美味。奶油烙鳕鱼在 19 世纪中叶兴起，逐渐成为了尼姆最具代表性的当地菜肴。法国人非常喜欢这道菜，他们把它用甜菜根叶子卷成小球作为前菜，或者当作酥皮点心里的填馅。后来人们继续改良配方，挑战各种配料，但是不成器的主食——土豆的加入，却最终让它变成了和英国鱼饼（fish pie）口感类似的一道菜。

200 克腌鳕鱼（泡好待用）、2 片月桂叶、2 个土豆、8 匙橄榄油、2 瓣大蒜，捣碎、6 匙切碎的欧芹叶、50 克黄油、5～6 匙牛奶、盐和胡椒。
方法：冷水中加入月桂叶煮鱼。水开之后关火，焖十分钟。然后继续加入土豆煮软。去掉鱼皮和刺。
另取一锅，加热橄榄油，微煎大蒜和一半的欧芹叶，移开火，把鳕鱼在锅中用叉子压碎。用食物处理器把这些东西打碎成酱。
把土豆压成泥。混合鳕鱼和剩下的欧芹叶、黄油、牛奶搅拌均匀，凭口味加入盐和胡椒。

甜点
『最纯正的英式百果派』

英国饮食虽不为人称道，但是甜点其实还蛮多，比如学霸甜点伊顿麦斯，国民招牌姜饼小人，英式下午茶的绝配司康饼，维多利亚海绵蛋糕，苏格兰奶油酥饼，还有苹果派！什么？苹果派是美国人发明的？鄙视你！回到 17 世纪，就是"不会做饭"的英国人给美洲大陆带去了苹果的种子和制作馅饼的方法。此外还有一种非常有名的传统甜点，是英国人专门在圣诞节吃的，也就是我们下面要讲述的 Mince Pie。

甜腻腻的点心有什么稀奇？带肉的甜点才是王道！早在 13 世纪，欧洲的十字军从中东带回了一种把肉类、果脯和香料混合在一起的烹饪方式。最初的馅饼人们追求又甜又咸的口感，都铎王朝时期，桂皮、丁香和肉豆蔻被当作《圣经》中"东方三贤"带来的信物加入了配料。在 1615 年的一份菜谱中，制作 Mince Pie 需要"一只羊腿的精肉，加入板油、胡椒、盐、丁香、肉豆蔻、黑加仑、葡萄干、西梅、枣子和橙皮"。羊肉也可以用牛肉和小牛肉代替，有时候还会加入牛舌或者鹅肉。那时候的馅饼很大，非常大，是圣诞节晚宴上一家老小的主菜，所以也叫作圣诞馅饼。这么丰富的馅料，可想而知烤制起来会没完没了，所以

英国著名诗人，《夜之思》的作者艾德·杨格（Edward Young）有言："未来就好像一只百果派，一直在烤，一直烤不熟。"

18世纪，有个叫克莱夫（Lord Clive）的英国贵族来法国南部的小城佩泽纳斯疗养度假。他不爱吃法国菜，就随行带了个印度厨子。感谢这个印度厨子，因为此君把制作纯正英式百果派的方式传遍了整座小城。后人称呼它为佩泽纳斯小馅饼（Le petit pâté de Pézenas），市中心一家名为"快乐宫殿（Le Palais des Délices）"的饼铺已经有五十几年的历史，据说是现今唯一使用传统配方制作百果派的店家。远近饕客慕名而来，这家老字号每天都会卖出两百个小馅饼。

制作小馅饼要用热水和面粉制作烫面，把面皮切成长条，切出帽盖；然后把面皮卷成柱体，把红糖、柠檬和用秘方配置好的羊肉馅塞入其中放置几个小时，最后用烤炉高温长时间烤熟。听上去也就是一般制作馅饼的工序，只是那个"秘方配置"的羊肉馅，自然是店家打死也不会说的商业机密。

现今英国人仍然保留了在圣诞节吃Mince Pie的传统，但是已经从隆重的圣诞节主菜变成了一道"词不达意"的甜点，因为其中的配方已经不再再有"mince（肉馅）"的存在。在圣诞节前后，偌大伦敦城根本找不到任何一家制作纯正百果

派的店铺，反而是在这个遥远的南法小镇，佩泽纳斯小馅饼不但最大程度上保留了英式百果派的传统风味，也成为了这里除了戏剧家莫里哀之外的一个令人垂涎欲滴的招牌。

『 遍地都是无花果 』

大仲马说，法国南部是法国境内生产无花果最好的地方，几乎可以与西西里媲美。无花果的历史古老非凡，《圣经·创世纪》中分辨善恶的树就是一棵无花果树。亚当和夏娃用无花果树的叶子遮挡身体，而这也成为了历代文学艺术中的主题。

当然，作为本文的结语，我们主要关心它吃的方面。无花果可以生吃，可以熟吃，可以做果脯，更可以做果酱。它可以当零食，做前菜，当作主菜的配菜，作为甜点本身，或者用来烘烤蛋糕的配料，甚至还可以调制鸡尾酒和果汁。举例来说，它配上 ricotta 奶酪和巴森米克葡萄醋，就是一道美味的前菜；再加上一些芝麻菜的叶子就变成了一盘色泽诱人的沙拉；它可以直接放在比萨饼上烤；又或者用淡红酒和黄油，加上香料略煮一下和鸭肉就是绝配；洒上蜂蜜配冰激凌或者鲜奶油，又是一道可口的甜点。大概世上再没有任何一种食材像无花果一样百搭不厌。

朗格多克栽满了无花果树。每年九月，这里遍地都是熟透掉落的无花果。以前住在英国肯特郡的时候，我家后面走几步就是一大片苹果园，收获季节一到，熟透的苹果掉落满地。那时我们放学后经常去捡苹果来熬苹果酱，所以大抵可以想象在朗格多克是什么样的一幅情景。只是这里的无花果种类繁多，一些野生的无花果甜美多汁，可以直接生吃，也有的看起来又干又皱，必须经过加工才可以食用。不同种类的无花果颜色也有不同，紫色、褐色、蓝色，还有翡翠绿和金色的。位于佩泽纳斯附近的小村庄 Nezignan l'Eveque，其著名的无花果园据说栽种了近百不同品种，每年在这里都会举办规模盛大的无花果节。

当我们在卡尔卡松古城外入住 Domaine d'Auriac 酒店的时候，很应景地每人得到了一罐无花果酱作为礼物。我在英国超市中从未见过无花果酱，新鲜无花果和无花果干倒是有的。无花果酱（Confit de Figues）的制作方法和其他水果大抵相同，不外乎是水果加糖煮开装罐。但我记得自己以前制作苹果酱的时候，用的是烹饪用的酸苹果，而熬制无花果酱却要求用熟透的甜无花果，或者另一个配方说用无花果干也可以，只是要反复煮开很多次。

1 千克新鲜无花果、500 克糖、1 个柠檬。
方法：无花果切半裹糖，加入柠檬汁和柠檬皮，腌制过夜。第二天弃去柠檬皮，把剩余物文火煮一个小时收汁。趁热装在消毒后的罐子里密封。

熬好了无花果果酱怎么吃？抹面包吗？开玩笑，当然是配肥鹅肝了！

【完】

Chapter 09

慢享生活

The Next·Sud De France

郭敬明、落落
笛安、安东尼、恒殊

郭敬明

慢享生活
关键词『凝固的时间』

——他们像是上个世纪的人。你觉得吗？

——可是他们很现代啊。

——我知道，我说的是感觉。你看，他们住在城堡里，住在几百年前的房子里，在几百年前的河流里饮水，在几百年前的花园里修剪玫瑰。他们像是活在琥珀里的人。

不管住在哪个城市，哪怕是相对热闹的蒙彼利埃，一到晚上，整个城市都会变得安静下来。哪怕是白天人声鼎沸的闹市区，也会变得只剩下路灯照耀着空旷的大街，宽大的树叶在地面滚动着，偶尔跑过一两只猫。

时间像风一样，贴着地面跑。

不像在上海，或者北京，或者香港，一到晚上就霓虹爆炸，整个城市仿佛摔碎了一样，人们的瞳孔里焦灼着欲望，和不安。大街上黑影幢幢，彼此焦躁地沉默着。

这里的时间流逝得很慢。

你看路边的两个英俊的男子，从早上九点开始，他们就坐在那里喝咖啡，他们也不怎么聊天，甚至都不看手机——我其实有点怀疑他们到底用不用手机。而现在，快要十一点了，他们面前的咖啡续到第三杯了。

而我们呢，我们所有人都在对着自己的手机，仿佛对讲机一样在叽里呱啦地说微信，聊工作。我们忙着拍照片，忙着记笔记，忙着在商店里买各种各样的东西。

我们的时间哗啦啦地流淌着。

落落

慢享生活
关键词『HOTEL』

　　我这个人，偶尔也会出门去旅游，随后因为赶当地的末班地铁而打一辆价值人民币 800 块的出租，这类事我干过；因为没看招牌而吃了一顿价值人民币 500 块的螃蟹盛宴，这类事我干过；因为少读个零而错误地在特产店里买了天价的凉拖，回家核对银联账单才捶胸顿足地发现，这类事我干过；因为忘记订旅馆而赶在露宿街头前，以壮士断腕之姿住进了城市里最豪华的五星酒店，这类事我也干过。但要说其中哪个额外让我悔不当初，绝对是最后那桩对于住宿行为的"铺张浪费"上。

　　的确是，我长久以来抱定的小农意识，其中一条便是出门在外时，在考虑完交通是否方便后，一定要选择尽量便宜尽量经济的小旅馆。房型迷你，也忍了。床形迷你，也忍了。沐浴液和洗发香波的来源何其可疑，也忍了。拖鞋薄成一张纸巾，也忍了。本来么，对于白天大部分时间都在外观光的我来说，一个仅仅用来睡觉的卧房，它的豪华总会让我充满自责。在经济条件还不至于支持我把每个日子的部分都过成"MADE IN 迪拜"时，这里也是要节省的，那里也是要节省的，能挤出的余裕用来吃个大餐没问题，买点可爱的纪念品也没问题，但无论如何不想花费在住宿上。

　　不想花在住宿上，单纯认为那无非是无知无觉的八个小时睡眠。我足够粗糙，有个屋子即可。他乡的夜晚是无关紧要的。

　　因此，就算在过往曾因为工作的原因被安排入住较好的饭店，抱持的心情依然是极其小农的认为这一切"太浪费"。

　　对住宿不做过高的要求和期待已经成为习惯。知道世界上有许多人能够从宾馆中体验到服务业的艺术，越是异地越能提供差别感，而不同窗景和不同厚度的毯子是在这份差异感中撕裂得更膨胀一点的绒絮——带来好闻的味道和愈加厚重的温暖。只可惜自己一直也没有生产类似的细胞，不会体验，不会欣赏。

　　所以我大概永远永远都忘不了 Domaine d'Auriac 酒店。一个对宾馆不抱任何兴趣，以往的"奢华"要素对她来说只是"奢华"而已，字如其面，大把横折撇捺，搭得乏味，充满堆砌所以漠无感觉——我从来都是这样的人，但等此次南法的旅游结束，我在车上对同伴们说，"想再来一次，只为住宿这个旅馆，住一个月，甚至愿意倾家荡产地来住几个月，住上半年"。大致的内容对他们絮絮叨叨重复了几次，眼睛里全是幼稚得可以不实际一回的光。我觉得自己大概是没办法了。保不准会认真地将这个目的提上日程。我想住到这里，就是这个旅馆。天天在这里待着，难得出去走一圈，超市买点食物回来，但大部分还是窝在旅馆里，就是这里。从两扇铁门打开，将我们迎进屋前的庭院时，就是这里了；从一层树林搭着一片草野，上坡下坡地把四周填满，终年充沛的日光在上面时而失去了主动权，百无聊赖地踢一地的松果时，就是这里了。尤其当第一次踏入为每个人挑选的客房，每个客房的装修都是不同的，我愿意矫情地将自己那间粉红色的碎花房间认定是旅馆和我的默契，尽管大致上我日常也谈不上多么热爱碎花，因为一旦用得差了分毫，就会加倍地土气起来。但好在从阳台上路过的爬山虎们打消了我的顾虑，它们在余晖下织影子，叠着一房间软软的粉色，使得什么都万无一失了。床单的白色是合理的，墙纸的粉色是合理的，窗棱的绿色是合理的，地毯上一点点被踏秃的历史是合理的。等到入夜后，四

周实在是过于安静了，推开窗户，外面只有穿梭在树林里的风声，以及非常非常亮的星星。明明是只有在电影里才会出现的景色，大概是我从很小的时候开始，类似的电影里，描写一个与贵族私奔的女佣，描写一个被人救起的落魄教师，描写一个家族由兴盛到衰落，里面也会给一个画面，就是这样被夜色囫囵吞下的一间粉红色的卧室。

大部分属于我自己的旅行里，总是从早上六点在外奔波到晚上十点，累得不行，穿着纸一样薄的拖鞋去洗澡洗头，然后湿漉漉地就把自己裹在被子里睡死过去了，第二天会不会感冒纯粹是运气问题。这类模式一旦多了，渐渐我已经不太喜爱它，过于辛苦，和我最初所准备好的心理预期早已不同。但人就是那么目光短浅，总觉得既然都到了异地，总要抓紧时间多走一走，对于旅馆内的时间，她完全不做考虑。

可这次她突然产生了前所未有的念头，也许假以时日，真的可以只身就为这样一间旅馆而来。把自己从早到晚安排在这里，过很慢很慢的日子，让日头把房间里的花纹晒出一簇香味，接近橙子，聚精会神则又闻不到了。那些发生在她很早的时日里，可以凭空而生的心绪——它们这几年已经失踪很久——就可以从广袤的草野，从草野上的野花，从野花旁的喷泉，从喷泉上的铁栅栏，从铁栅栏上的爬山虎，一点点，又回来了。对她说"我的小姐，你回来了"。

笛安

慢享生活
关键词『沉静』

　　沉静。是我首先想到的词。

　　那些天，除了蒙彼利埃之外，我们走过的都是人口只有几万的小城。即使是在闹市区，也有种说不出的沉静。晚上，尤其是晚上，这些城市总是被中世纪的老建筑围绕着，街上行人稀少，餐厅里的人们不在乎让一顿晚餐从八点吃到十一点半，一种骨子里的静就在这样的餐厅里显露出来。不知为何，就有种"草草杯盘共笑语，昏昏灯火话平生"的感觉。也许，在古老的城市中，时间本来就是一样用不完的东西。

安东尼

慢享生活
关键词『绷叔／Bonjour 』

　　用一个词描述 我对于这次法国南部之行的印象就是 Bonjour（你好／日安）

　　当然随着对法国南部越来越熟悉 和在不同城市的迁徙 我的发音 也把 叔 猪 竹 树 都绷了个遍 第一次很正式听到这个词 应该是在 Sex and the City 里面 Carrie 刚去法国 在酒店门口下车 和礼宾说的一句 风情万种的 Bonjour

　　这次旅行以后发现 法国人口中的 Bonjour 恰恰就是法国给我的印象 利索又不单调 随意却又执着 法国的调调

187

恒殊

慢享生活
关键词『 天气 』

　　对一个来自阴郁伦敦的吸血鬼来说，关键词当仁不让，绝对是天气。一年三百六十五天，英国三百天阴雨，法南三百天阳光。这不公平。

　　其实我本身是不喜欢阳光的。住在北京的时候，我白天也要把窗帘拉上，然后开灯。我喜欢下雨。因为北京很干，我喜欢空气里弥漫着雨后那种湿漉漉的泥土芬芳。

　　后来我来到了伦敦。伦敦半年严冬，半年雨季。好不容易姗姗来迟的夏天，最高气温不过二十来度，然后晃了那么一下子就过去了。

　　只有得不到才知道珍惜。于是我开始想念阳光。想念阳光底下干燥的草地和太阳晒过的被子的味道。在伦敦，太阳出来的时候就好像过节。而且还是圣诞节新年情人节一起过的感觉。大家在草地上穿着比基尼躺平，然后热热闹闹地BBQ。而在法国南部大家天天都是这样。

　　在距离法西边境只有25公里的佩皮尼昂，我们坐在碧绿的葡萄藤架下，一行人围着一个大桌子吃加泰兰风味烧烤。金色的阳光从葡萄叶的缝隙间丝丝流泻，照亮了整个桌子的洋蓟蜗牛红椒羊羔猪排还有各种烤香肠。饭店老板据说是当地领主后裔，彻彻底底的贵族出身，别墅外立面华丽有如皇宫，镶嵌着只有教堂才有的彩色玻璃。他还从伦敦买了个电话亭扔在自家后院的一群家禽之间——飞来飞去的三十多只活孔雀。

　　……仰天长叹。

Chapter 10

碎时器

—The Next·Sud De France—

文
郭敬明

你其实从来不曾真正拥有时间，
你只是在瓦砾遍布的旷野里捡拾它的碎片，
你朝前迈出的每一个步伐，
都是在抵达那并不遥远的过去。

——题记

你在云上，
看时间死去的样子。

　　我又在收拾行李。

　　准确地说，是助理们在帮我收拾行李。这些年随着出差越来越多，收拾行李已经从一件烦心的苦差事，变成了一件似乎只需要按下按钮，就可以按照编辑好的程式一路滴滴滴地运行，然后瞬间两个完美的旅行箱就收拾完毕了——里面装载着所有旅途需要的各式各样的东西。刚开始频繁去外地的那几年，每一次出门，需要带什么，不需要带什么，总是很伤脑筋。往往舍不得这个，舍不得那个，准备着这个，同时也预备好那个——但结果，带出去的东西往往有70%以上没有用过。甚至有曾经隔天就回来，箱子都没有打开

的状况。

　　我有点不耐烦，准确地说，是有点无所谓地看着我的两个同样无所谓的助理帮我收拾行李。对他们来说，这是一件没有乐趣也没有痛苦的事情，看着手上的单子，一件一件核对需要带的东西。

　　"我想带一个枕头。"我突然从沙发上直起身子。

　　"枕头？"助理问。

　　"对，枕头。能带吗？有空间吗？"我淡淡地问他们。

　　"有是有。"助理说。

　　"那就带着吧。"我饶有兴趣。同时在心里盘算着出门的这 10 天应该每一个晚上都会有好梦。

　　——但后来呢，这个枕头的空间，还是被两双鞋代替了。而事实证明，这两双鞋从头到尾就没有从鞋袋里拿出来过，旅途中一次也没有穿。

万千日照下，
他低头数着自己的影子，数到七。

　　我是隔了好久，才开始写这篇文章。记忆已经有点模糊了，法国南部的这十几天旅途，似乎已经变成了一团灰蒙蒙湿漉漉的棉絮，中间夹杂着几根闪亮的银丝——最闪亮的一根应该就是法国南部永远充沛异常的日照了吧。

　　我在上海生活了十二年，每一年的上海，即使是在本应阳光灿烂的夏季，也依然是阴郁而灰蒙的。仿佛天地间插了无数块巨大的毛玻璃。

　　"你还有防晒霜吗？我好像已经破皮了。"我低头在背包里翻找着，抬起头，问坐在我对面的落落，她红彤彤的一张脸，看起来像刚从西藏高原下来。我觉得她看起来有点像喝醉，觉得很有意思。在这之后的几天，依然是在巴士上，我和她还是面对面坐着，我们俩都在刚刚的晚餐上喝了一点葡萄酒，她酒量好，没什么反应，但是我的脸却变得红彤彤的。我凑过去，把刚刚在主人庭院里摘

　　下的一朵紫色小花别在我西装的领口，然后嚷嚷着要和落落拍一个合影。我把合影发到朋友圈，无数朋友在下面留言：恭喜啊！

　　所以，他们是以为这是我的结婚照吗？

　　在法国南部的日子，往往都意识不到已经傍晚。经常是已经晚上七八点，但抬起头，漫天的云霞依然扩散着充足的光照，走在浅色的街道和建筑区域，依然需要戴上墨镜，否则眼睛就睁不开来。开始两天，我的皮肤被每天超长时间的灿烂阳光灼伤得通红，以至于晚上不得不用冷水冲脸，同时敷上厚厚的冰镇面膜。但几天之后，我就习惯了这边仿佛无限量供应的阳光了。每一天都像是有跳动着的火星在皮肤上爆炸着，细小而锐利的热度密密麻麻地钻进每一个毛孔里。又痒，又舒服，走两步就想在路边坐下来，甚至躺下来睡觉。我想我有点明白为什么法国人那么爱喝咖啡了。

　　我十七岁的时候参加作文比赛，那个时候决赛的题目叫作《假如明天没有太阳》，我忘记自己具体写了什么，但是我记得自己的心态，那个时候对于明

天没有太阳这件事情，我是歇斯底里地感到快乐的。为什么呢？那个时候的自己，喜欢在晚上做完功课之后，点着台灯，缩在椅子上看小说，或者关掉所有的灯，窝在被窝里听 CD 唱机。没错，那个时候我们还在买 CD，还在用 walkman，那个时候没有 iPod 没有 MP3 下载，所有音乐和歌词都被灌录在反射着彩虹光芒的 CD 碟片上。我对于没有太阳这件事情是恨不得举双手双脚赞同的。因为没有太阳，也就等于永夜了吧。吸血鬼和我，都一样开心。

　　十多年过去之后，我依然在安静的夜晚看书，听歌，看电影。但我却不再抵触白天的来临。曾经学生年代的白天就意味着无穷无尽散发着油墨味道的模拟试卷，意味着背着书包沿着墙角快快走的无趣路途，意味着口袋里的零花钱永远不够买齐自己喜欢的小说和 CD，意味着风油精的味道再刺鼻也依然抵挡不住疲倦和乏味而在头顶转动的风扇叶片下昏昏睡去，意味着黑板上来不及抄写的笔记被老师匆忙地擦去。那个时候的我特别特别不喜欢那个时候的白天。

　　而现在的我，已经工作，很少再有少年时叛逆的心性和敏感的伤春悲秋。每一个白天都意味着战争，每一个夜晚都意味着警醒。时间的碎片仿佛揣在兜里的图钉，在你冷不丁下意识恐惧或者畏缩的时候把手抄回口袋时，狠狠地刺

你一下。似乎总有人在你的耳边小声倒数着嘀嗒嘀嗒，他的声音冷漠却又热烈，仿佛在残忍而又兴奋地期待着什么。

　　每一个白天都是刷进鬓角的一抹白漆。

　　每一个夜晚都是灌进心口的一股冷墨。

　　而这边无穷无尽的光，仿佛浩浩荡荡的庇佑和怜悯，把人们的恐惧和不安都笼罩在一只温柔的手掌心下面。它抚摸着人们的头顶，带来宽慰，带来安逸，但也带来混沌和麻木。走着走着，我就又想停下来睡觉。人们活在盛世太平的白色虚影下面，似乎希腊的破产危机，欧洲的经济衰败都离他们很远。这里依然停留在时间的一个针脚里，人们的岁月被缝在了世纪洪流的背景幕布上。

　　风吹来，又过去。帘幕一动不动。

你是说那些魂灵吗？我看不见它们。
我并不害怕它们。它们是庇佑我的。

  在参观一个修道院的时候，我远远地落在了队伍的后面。恒殊和安东尼走在最前面，他们很有兴趣地在听我们随行的人员介绍这个修道院的历史，介绍之前在这里生活的修士们如何酿造甜美的葡萄酒，他们如何布道，如何生活，如何在岁月里变成不灭的魂。

  我走在最后，时不时停下来驻足。

  几百年的石料在风雨的侵蚀之下，看起来充满了岁月的高贵，那是时间化成的金箔，一层又一层涂抹后的凝重。每一块石料都散发着雨水的气息，太阳渐渐从树冠的边缘隐去，空气里透出一股湿漉漉的冷。这在日照充沛的法国南部来说，非常难得。

  他们已经推开铁门走到庭院去了，而我还停留在室内挑高穹顶的教堂。

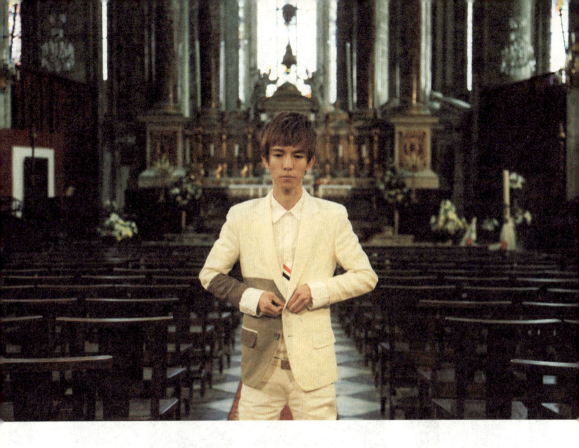

　　在之前的几个地方，我们已经参观了各种各样的教堂了，甚至有参观了欧洲最高的教堂——然而这个修道院里的这个已经废弃不再使用的教堂，依然让我神迷。不用闭上眼睛，就能感受到曾经生活在这里的人们，这里的修士，这里的信徒，他们的岁月密密麻麻地堆砌在这里。

　　你甚至能听见风里细碎的低语。

　　落落从前面倒回来找我，她说大家都在等我，不要掉队了。"真想住在这里。你看，把这里改造成客厅，把那里弄成卧室。然后这里再弄一个壁炉。"我对落落说。

　　"你不害怕吗？"

　　"怎么会害怕，为什么要害怕？"我问落落。

　　"……有鬼之类的？"

　　"就算有，他们也肯定不会害我的呀。他们肯定都是庇佑我的。"我认真地说。

　　"你哪儿来的自信啊！"落落丢下我跑了。

　　每一个曾经人声鼎沸的地方，都会有人去楼空的一天。每一个曾经茶香四

溢的屋檐，迟早都会变成雀鸟筑巢的居所。每一个接踵摩肩的时代，都会变成人们追忆里的缅怀。每一首脍炙人口的歌曲，都会在多年后的某个时刻，成为撩动人们的不朽乐章。人们纪念着每一个逝去的黄金年代，每一个黄金年代留下来的最后的挽歌。

庭院很深，住了七个人。

我赶上他们的时候，他们正在教堂的后庭院驻足。我正好来得及听导游介绍这个庭院一到初夏时就会陆续盛开的满地玫瑰。他说修士们爱玫瑰，爱月季，爱蔷薇。人们热爱这些娇嫩而又带刺的花朵，仿佛人们热爱每一个妩媚而又乖戾的少女。我想象着几百年前的修士们穿着厚厚的袍子，拿着铜制的水壶在庭院里浇花。阳光穿透他们蓝色的眸子，像在刻写着胶片上的光影，留给今时今日到访的我们。

而这个玫瑰花园的旁边，是一个已经废弃的喷泉。无数枯萎的藤蔓爬满了喷泉上的天使。

风吹过的时候，一地枯萎的落叶发出沙漠的声音来。

他们就那样坐在街边，看着人们走过又绕回，
他们的眼睛在太阳下锁起来，看起来像是愤怒，又像是欲望。

  每一朵花都在朝着明亮的光斑开放着，它们伸展着每一片娇嫩的花瓣，朝更加热烈的光线里盛开，越来越亮，越来越薄，最终消失在发亮的空气里。每一块石板都散发着花的气味。

  每一个城市的人们都带着浓烈的笑容，他们在树荫下喝着香槟，在喷泉边喝着咖啡，在教堂的台阶上喝苏打水。漂亮的姑娘们穿着更加漂亮的裙子，她们在太阳下花朵般盛放着，仿佛明天就会消失在世界的尽头不再回来。人们坐在几百年前的雕塑下面，聊着几天前的事情，时间在每一个人的面前柔软地蜷缩着，仿佛太阳下的一条小狗。

  人们的岁月和时间，都打着褶子，在慢速的空气里流动着。

　　我们参观一座马场。

　　马场的主人热烈地接待我们。他六十几岁了，但身子健硕，眼神清亮，看起来充满魅力。落落一边开玩笑地说要嫁给他，一边却又不好意思和他合影。

　　我们坐在大货车的后挂厢上，他骑在马背上。他热情地骑马走在我们车厢旁边，为我们介绍他养了多少头牛，哪一头拿过斗牛冠军，哪几头是他爸爸从另外的城市买回来的。

　　我们离开的时候，他骑着马远远地跟在我们身后，我们的车子已经开走了，他还站在农场的门口张望着。

　　我问导游，平时去他的农场参观的游客多吗。

　　导游说，没什么人。平时都是他和他的工人在农场工作。

　　我回过头，他还站在那里，骑着高头大马，戴着帅气的牛仔帽，看着我们。

　　时间像是停在了他的身上，轻轻地包裹起来。

　　我们住的酒店离城区有一点距离。

　　一大清早，我们起床，朝城里进发。我们去参观一座精致而古老的小剧院，

也参观他们的市政厅，还有他们的喷泉广场。

　　酒店的边上有一道溪涧，看起来像是护城河一样围绕着我们的精品酒店。我站在桥上，看着脚下薄薄的河水，河水太薄，以至于河底的鹅卵石像是在上下跳动着。

　　走下桥的时候，两个中年男子在那里喝咖啡，早上八点半的太阳照在他们纤长而又金灿灿的睫毛上。

　　我们回到酒店已经是中午了，那两个男人还在。他们的目光焦虑而又坚定地投射在大街上，仿佛把每一个路过的行人每一辆开过的车子，都刷上他们浓郁的凝视。我们回来了，他们还在。手边的咖啡还在。

　　我们离开了，下一拨旅人又来到这个小镇，他们也还在。

　　时间停在每一个罅隙，用碎片填满边边角角，仿佛河水拥抱着鹅卵石间的罅隙。

那辆巨大的卡车，发着生涩的轰鸣声，开进了我们的岁月。
那时的我们已经很老很老，就像挂在月梢上的那个鸟巢，
我们空无一切，却又盛满了乡愁。

　　我们每一天都在喝酒。

　　白色的，橙色的，玫瑰色的，红色的，黏稠得像血液的……各种各样的葡萄酒每一天都出现在我们的餐桌上。

　　整个法国之旅有点醉醺醺的，却又恰到好处，每一天都保持着一种微妙的热情和亢奋。

　　我喜欢和我的朋友在一起，最好是喝醉。

　　恒殊认识得比较晚，而除了恒殊之外的落落，笛安，安东尼，都是老朋友。大家的话题往往聊着聊着就是一个"你还记得那年我们……吗？"的开头。

　　阳光在头顶把每一个人都烘焙出酒精的芬芳来。

　　回忆从每一个人的眼睛里往外跑。有些没有跑出来，就停留在皮肤下面，挤成一堆皱纹。

　　"你还记得我们第一次一起去日本吗，我们在神奈川，在富士山，在大阪……"我摇头晃脑地问笛安。

　　"当然记得。"她一边回答我，一边撕着手里的面包。

　　我眯起眼睛，七彩光斑里，她和落落看起来都像是四五年前我认识的少女。而今的她们都带着成熟的风韵和美，但我却总是想起她们少女的模样。

　　记忆里的落落，还是匆忙地推开徐家汇街边一家便宜的泡沫红茶店的玻璃门，一边落座，一边紧张而又不好意思地对我说抱歉，睡过头了。然后我俩各自点了珍珠奶茶，只点了一杯，然后就开心地聊了起来。我穿着傻里傻气的衣服，她留着乱糟糟的头发，额头一颗青春痘在荧光灯管下蛮明显的。

　　而笛安呢？

　　我在巴黎蒙田街上，我坐在路边百无聊赖，远远地，就听见她脆生生地喊

我的名字。哦不，她喊的是小四。那个时候的她，和人说话之前总要很微妙地笑一下，那个笑容里带着不好意思的尴尬，又带着想要和你亲近的期盼。那个时候的她穿着平底的软皮鞋，穿着呢绒大衣，在三月寒冷的巴黎，带我去她生活的街区看真正的巴黎。"你住的酒店所在的蒙田大道，都是有钱人去的地方，老百姓们不这么过日子。真的。"她看着我，笑着，皱起鼻梁。"不过既然都来了，我就买个包吧。你想逛街吗？"她对我说。我点点头，两个人开开心心地买起东西来。那个时候的她，还没有出版《西决》，还生活在巴黎，还不知道全中国很多人已经喜欢她的文章喜欢极了。

"你那个时候有想过自己之后会变成现在的生活吗？"我问笛安。

"怎么可能。"她喝醉了，笑着摇头，"不过，现在的生活是指什么啊？"她又露出那种不太好意思的笑容，美极了。

她的杯子里，晃动着几十块明晃晃的光斑。

我都能听见时间发出的玻璃珠般的声响。

【完】

陽光倾城·美酒倾心

* 六大世界文化遗产
* 全球最大最古老的葡萄园
* 坐看云淡风轻的法国南部精致
  生活画卷

法國人私藏的度假天堂

Special Thanks

出版社／长江文艺出版社
出品／上海最世文化发展有限公司
官方网站／www.zuibook.com
平台支持／[图腾] ZUI Factor

下一站·法国南部
ZUI Book
CAST

作者 郭敬明 落落 笛安 安东尼 恒殊

出品人 郭敬明
选题出品 金丽红 黎波
项目统筹 阿亮 痕痕
责任编辑 赵萌
助理编辑 方钗 晏子琦
特约编辑 卡卡
责任印制 张志杰

装帧设计 ZUI Factor www.zuifactor.com
设计师 胡小西
全程摄影 胡小西 Fredic.L
内页设计 付诗意

国际公关 瑞意恒动上海奢侈品市场推广有限公司

图书在版编目（CIP）数据

下一站·法国南部 / 郭敬明等著. — 武汉：长江文艺出版社，2013.9
ISBN 978-7-5354-6719-5

Ⅰ.①下… Ⅱ.①郭… Ⅲ.①散文集—中国—当代②小说集—中国—当代 Ⅳ.① I217.1

中国版本图书馆 CIP 数据核字（2013）第 106380 号

下一站·法国南部

郭敬明 落落 笛安 安东尼 恒殊 著

出 品 人丨郭敬明	责任编辑丨赵萌	装帧设计丨ZUI Factor	内页设计丨付诗意
选题策划丨金丽红 / 黎波	助理编辑丨方钊 / 周子琦	设 计 师丨胡小西	媒体运营丨王艳伟
项目统筹丨阿亮 / 痕痕	特约编辑丨卡卡	全程摄影丨胡小西 / FredieL	责任印制丨张志杰

出版丨长江出版传媒　长江文艺出版社
电话丨027-87679310　　　　　　　　传真丨027-87679300
地址丨湖北省武汉市雄楚大街 268 号湖北出版文化城 B 座 9-11 楼　　　邮编丨430070
发行丨北京长江新世纪文化传媒有限公司
电话丨010-58678881　　　　　　　　传真丨010-58677346
地址丨北京市朝阳区曙光西里甲 6 号时间国际大厦 A 座 1905 室　　　邮编丨100028
印刷丨北京尚唐印刷包装有限公司
开本丨710×1000 毫米　1/16　　　　印张丨15
版次丨2013 年 9 月第 1 版　　　　　印次丨2013 年 9 月第 1 次印刷
字数丨100 千字
定价丨29.80 元